Klarant Verlag

Ele Wolff lebt in Ostfriesland. Auch wenn sie keine waschechte Ostfriesin ist (in Frankfurt/Main geboren) betrachtet sie sich doch als Gesinnungsostfriesin und gibt sich ganz ihren kriminellen Energien hin. Ele Wolff: „In Ostfriesland, hinter den Deichen, im Watt und auf den Inseln geschehen manche unheimlichen Dinge, von denen niemand etwas weiß. Deshalb liebe und schreibe ich Krimis und andere Geschichten. Ich kann meine Gedanken ausleben, die man im wahren Leben nicht so leicht findet oder die unangebracht sind. Ich kann unliebsame Ehemänner oder Chefs entsorgen, reich durch Erbschaft werden oder einfach in einen anderen Erdteil flüchten.“

Ele Wolff

Mord mit Deichblick

Ostfrieslandkrimi

Klarant Verlag

Klarant Verlag, www.klarant.de – www.ostfrieslandkrimi.de
ISBN: 978-3-95573-990-4
1. Auflage 2019
Umschlagabbildung: Klarant Verlag

Printed in the EU.

1. Kapitel

Die Regentropfen prasselten unaufhörlich gegen die Fensterscheiben des Wohnmobils, welches in der Nähe des Deiches im Küstenort Neßmersiel auf einem Wohnmobilstellplatz stand. Daniela Graf lag mit angezogenen Beinen im Bett und ließ ihre Gedanken schweifen.

Dies war eigentlich bisher der schönste Platz, an dem sie mit ihrem rollenden Ferienheim Station gemacht hatte. Bei Tag konnte sie den ungetrübten Blick auf den Deich, auf die ruhig grasenden Schafe und den weiß-blauen Frühlingshimmel genießen. Jetzt am späten Abend lauschte sie den gleichmäßigen Geräuschen der Nordsee, die zu ihr hereindrangen. Dazwischen hörte sie Stimmen, die laut stritten. Wahrscheinlich hatten sich die Herrschaften wieder mal in der Wolle, vermutete sie und schob ihr Tagebuch unter das Kopfkissen. Eine Frau keifte etwas Unverständliches. Daniela setzte sich auf. Sie vernahm das Wort *Arschloch* und ein klatschendes Geräusch. Das war bestimmt Kalle mit seinem vorlauten Mundwerk, der sich eine Ohrfeige eingefangen hatte, vermutete die junge Frau und legte sich wieder hin. Eine merkwürdige Gesellschaft war das, in die sie da hineingeraten war.

Ihre Gedanken wanderten weiter zu ihrem Freund Frederik, der, wenn man es genau nahm, eigentlich ihr Exfreund war. Seinen überstürzten Heiratsantrag hatte sie vehement abgelehnt, was er ihr mehr als übelgenommen hatte.

Daniela sprang auf und griff nach ihrer Handtasche. Sie nahm ihr Telefon heraus und schaltete es ein. Zügig ging sie die eingegangenen Nachrichten durch. Einige Kolleginnen hatten ihr Textnachrichten geschickt, von Frederik aber kein Wort. Ob er es endlich kapiert hatte, dass es aus war?

Egal, dachte sie, schaltete das Telefon aus und warf es wieder in ihre Tasche. Entspannt legte sie sich auf das Bett und ging im Geiste durch, was sie alles zu erledigen hatte, wenn sie erst wieder zu Hause in Bremen war.

Es klopfte leise an die Tür ihres Wohnmobils. Sie musste eingeschlafen sein. Ein wenig erschrocken sprang Daniela auf, zog sich ihren Kapuzenpulli über und stellte sich hinter die verschlossene Tür.

»Ja?«

»Ich bin es«, flüsterte eine ihr bekannte Stimme. »Lass mich mal rein.«

Ohne zu zögern, drehte die Achtunddreißigjährige den Schlüssel herum und stieß die Tür auf. »Du? Was willst du denn hier? Mit dir hätte ich jetzt am wenigsten gerechnet.« Ungläubig blickte sie in das Gesicht ihres Gegenübers.

»Wir müssen uns unterhalten«, entgegnete die Person und drängte sich an der jungen Frau vorbei in das Innere des Wohnmobils. »Hol doch mal Gläser.«

»Die willst du jetzt mit mir trinken?« Daniela deutete auf die Flasche Rotwein in der Hand des späten Gastes. Widerwillig nahm sie zwei Gläser aus dem Wandschrank und stellte sie auf den Tisch. Sie war plötzlich hundemüde und wollte nur noch schlafen. Noch eine Nacht, dann konnte sie endlich wieder die Ruhe im eigenen Zuhause genießen.

»Komm, stoß mit mir an.« Der Besuch reichte ihr mit ausgestrecktem Arm ein mit Rotwein gefülltes Glas. »Auf die Zukunft.«

Zögerlich nahm Daniela das Glas entgegen, hob es kurz hoch und wünschte sich, endlich wieder alleine zu sein. Auf nächtliches Geplauder hatte sie überhaupt keine Lust.

»Trink«, wurde sie mit einem freundlichen Lächeln aufgefordert. »So jung kommen wir nicht mehr zusammen.«

»Ich weiß gar nicht, was das soll?« Mit zwei großen Schlucken leerte Daniela das Glas bis auf einen winzigen Rest. »Das reicht mir. Ich vertrage ja keinen Alkohol.« Vielleicht verstand ihr Gegenüber ja die Aufforderung, sie alleine zu lassen? Mit Missmut registrierte sie, wie sich ihr nächtlicher Besuch hinsetzte und zurücklehnte.

Widerwillig ließ sich Daniela ebenfalls auf der schmalen Polsterbank am Tisch nieder und stütze ihren Kopf auf. Sie vertrug tatsächlich nichts, ihr Kopf dröhnte und das Muster der Sitzpolster verschwamm vor ihren Augen. Sie klammerte sich an der Tischkante fest. »Ich muss mich hinlegen«, nuschelte sie. »Du weißt ja, wo die Tür ist.« Nur mit Mühe konnte sie die paar Schritte zu ihrem Bett zurücklegen. Sie vergrub ihr Gesicht im Kissen und stöhnte laut auf. Zehn Minuten später hörte Daniela Graf auf zu atmen.

***

»Ach Elsie, das tut mir so leid.« Janneke Hoogestraat saß in der Küche ihrer Nachbarin und hielt die Hand der Mittsechzigerin.

Mit einem frisch gebügelten Leinentaschentuch wischte sich Elsie die Tränen weg. »Sie ist jetzt fast ein Jahr tot.«

»Deine Nichte hat in Bremen gelebt?«

»Ja, sie hat in irgendeinem Büro gearbeitet.«

»Und die Polizei hat nie herausbekommen, wer ihr die K.-o.-Tropfen verabreicht hat?«

Janneke hatte mal in Vorfeld eines ihrer Kriminalromane über diese Art der Tötung recherchiert. Sie wusste, dass es verschiedenen Substanzen gab, die man im Allgemeinen als K.-o.-Tropfen bezeichnete. Man konnte mit diversen Wirkstoffen jemanden willenlos machen oder aber, in höherer Dosierung, sogar töten. Dies schien im Fall von Elsies Nichte so abgelaufen zu sein.

Nach einem lauten Stöhnen und ein paar hingemurmelten Worten stand Elsie Klüverboom auf und holte eine bauchige Flasche aus dem Küchenschrank. »Der hilft immer gegen Kummer« versprach sie, füllte zwei kleine Gläschen mit dem Mirabellenlikör und schob eines davon zu ihrem Besuch rüber. »Jedes Mal, wenn ich von Daniela rede, fange ich an zu weinen. Fürchterlich.« Sie hob das Gläschen hoch, legte ihren Kopf in den Nacken und leerte es.

Janneke hatte erst die Hälfte des Inhalts getrunken, als sie ihr Glas wieder abstellte. »Das ist aber auch tragisch, wenn jemand, den man lieb hat, so ums Leben kommt. Ist doch klar, dass dir das besonders nahegeht.« In Gedanken versunken schwiegen beide ein paar Minuten.

Janneke schlug die Beine übereinander und betrachtete mit Wohlwollen ihre neuen Schuhe, die, wie alle ihre Schuhe, über einen unverschämt hohen Absatz verfügten.

Elsie war ihrem Blick gefolgt. »Sind die neu?«

Janneke nickte und drehte ihren Fuß hin und her, »Ich konnte nicht widerstehen.«

»Und die passende Handtasche ist dann auch noch ins Einkaufstäschchen gehüpft?«, lächelte Elsie. Sie kannte ihre junge Nachbarin, die an keiner Boutique und keinem Schuhgeschäft vorbeigehen konnte, ohne etwas zu kaufen.

»Die Polizei hat niemanden verdächtigt?«, nahm Janneke das Thema wieder auf.

Elsie schüttelte den Kopf. »Die Polizei hat die Leute, mit denen Daniela unterwegs war, mit Fragen gelöchert. Außerdem sind alle möglichen Personen aus dem Umfeld meiner Nichte vernommen worden, aber es ist nichts bei herausgekommen. Man nimmt an, dass Daniela einem Raubüberfall zum Opfer gefallen ist. Das ganze Wohnmobil war durchwühlt. Wahrscheinlich hat der Gangster Geld oder Schmuck gesucht. Danielas Geldbörse mit EC-Karte und das Handy waren weg, ansonsten hatte sie nichts Wertvolles dabei. Und damit der Täter freie Bahn hatte, hat er ihr von dem Zeugs in ein Getränk gegeben. Man hat aber weder eine Flasche noch Gläser gefunden. Vielleicht sollte sie gar nicht sterben, sondern nur schlafen?«

»Aber dann muss die Person, die in der Nacht mit ihr etwas trinken wollte, jemand sein, den sie kannte«, überlegte Janneke. »Einem völlig Fremden hätte sie die Tür zwar vielleicht geöffnet, aber ob sie ein angebotenes Getränk zu sich genommen hätte, ist doch fraglich.«

»Die Polizei geht davon aus, dass der Täter vorher ihre Nähe gesucht hat. Eine Zufallsbekanntschaft eben. Wahrscheinlich hat derjenige angenommen, dass Daniela über viel Geld verfügt, weil sie mit einem sehr luxuriösen Wohnmobil unterwegs war.«

»Ja, das wäre allerdings denkbar«, stimmte Janneke zu. »Wieso ist deine Nichte überhaupt alleine mit dem Wohnmobil unterwegs gewesen? Ich würde mich das nicht trauen.«

»Geplant war das nicht. Sie wollte mit ihrem Freund Frederik Urlaub machen. Und auf dem Hof des Wohnwagenvermieters sind sie sich derart in die Haare geraten, dass Frederik wütend abgehauen ist. Daraufhin hat sich Daniela entschlossen, alleine zu reisen. Auf gut Glück ist sie auf den Wohnmobilstellplatz nach Dangast gefahren. Dort hat sie die anderen kennengelernt.«

»Die anderen?«

»Ja, das war eine Reisegruppe, die sich jedes Jahr trifft und immer eine Tour zusammen macht. Es handelt sich dabei um ein paar Ehepaare und Einzelpersonen, die mit so einem rollenden Ding unterwegs sind. Für mich wäre das ja nix«, wehrte Elsie ab. »Die Leute haben Daniela gefragt, ob sie sich ihnen nicht anschließen will, damit sie nicht alleine unterwegs ist.« Sie schwieg einen Moment. »Meine Nichte hat an diesem Abend ihre Mutter angerufen und ihr alles erzählt. Das war das letzte Mal, dass die beiden Kontakt hatten. Vor einem halben Jahr ist Gesine verstorben. Ich glaube, sie hat es einfach nicht überwinden können, dass ihre Tochter einem solch schrecklichen Verbrechen zum Opfer gefallen ist.«

»Ach Elsie, da tut mir leid.« Janneke nahm Elsies Hand. »Wenn man nur die Wahrheit wüsste.«

Die Nachbarin nickte zustimmend. »Die Ungewissheit macht mich auch total fertig. Aber es tut mir gut, darüber zu reden. Was denkst du über das Ganze?«

Janneke überlegte kurz, ehe sie antwortete. »Man kann also annehmen, dass der Täter eine Person war, die sich in Danielas Nähe in Neßmersiel aufgehalten und vielleicht sogar mit ihr gesprochen hat und deshalb kannte sie den nächtlichen Besucher«, überlegte sie. »Aber wieso hatte er das passende Betäubungsmittel in einem Getränk dabei? Es sei denn, er hatte von Anfang an vor, jemanden auszurauben, und wollte für alle Fälle gewappnet sein. Vielleicht jemand aus der Reisegruppe, der die Gelegenheit ausgenutzt hat?«

»Ja«, nickte Elsie. »Das ist es ja, so viele Menschen kämen infrage.«

»Was war deine Nichte für ein Mensch? Hätte jemand ein Motiv gehabt, sie zu töten? Hatte sie Feinde?«

»Nein, sie hatte keine Feinde. Daniela hat ein ruhiges Leben geführt und hatte mit niemandem Streit.«

Elsie erhob sich und öffnete eine der Schubladen im Küchenschrank. »Das hat meine Schwester vergessen, als sie das letzte Mal hier war. Sie hatte ihrer Tochter kurz vor deren Abreise eine Art Reisetagebuch geschenkt, damit Daniela später ein paar Aufzeichnungen zur Gedächtnisstütze hätte, um meiner Schwester alles noch einmal ganz genau erzählen zu können.« Sie reichte Janneke ein in dunkelrotes Kunstleder eingebundenes Buch. »Wenn du willst, kannst du es lesen. Vielleicht gibt es dir einen kleinen Einblick, was für ein Mensch Daniela war.«

»Hat die Polizei das Buch gelesen?«

»Ja, aber es stehen nur harmlose Sachen drin, eben alles so Dinge, die bei einer gemeinsamen Reise geschehen. Deswegen hat man meiner Schwester das Tagebuch übergeben, nachdem man alles gründlich recherchiert hatte.«

Nur zu gerne nahm Janneke das Buch entgegen. »Ich werde es aufmerksam lesen.« Sie ließ es in ihre übergroße Handtasche gleiten und trank den Rest des Likörs.

2. Kapitel

Mai 2018. Liebes Tagebuch oder lieber Reisetagebuch? Eigentlich mache ich das auf Bitten meiner Mutter, die später gerne nachvollziehen möchte, was ich auf meiner Reise mit Frederik so alles erlebe. Jetzt ist alles anders gekommen als erwartet. Eigentlich wollten Frederik und ich einen romantischen Kurzurlaub in einem Wohnmobil verleben, aber er war wieder einmal unzufrieden und hat nach einer unschönen Auseinandersetzung das Weite gesucht.

Er war kaum zehn Minuten weg, da bedauerte ich schon unseren Streit. Ich hielt mein Mobiltelefon in der Hand und starrte auf die plakative Hülle im Rosendesign. Im Grunde genommen finde ich diese rosaroten Rosen, aufgedruckt auf echtem Leder, ein bisschen kitschig, aber Frederik hat vor ein paar Jahren während eines London-Trips darauf bestanden, mir diese feminine Handyhülle zu schenken. Nein, ich würde ihm nicht nachlaufen. Entschlossen stopfte ich mein Handy wieder in meine Tasche.

Als ich später heulend in der Tür des Wohnmobils stand, kam der Vermieter vorbei. »Na, junge Frau?«, hat er mich angesprochen. »Ist Ihnen Ihr Mann abhandengekommen?«

Er wollte mich sicherlich nur aufheitern, aber den Satz hätte er sich echt sparen können. Ich habe mir mit dem Ärmel meines Sweatshirts die Tränen abgewischt. »Das war mein Freund. Jetzt ist er weg, der Idiot.«

Er brummte etwas und ging in sein Büro zurück. Jetzt saß ich da und wusste nicht, was ich machen sollte. Aufgeben? Niemals! Das hätte Frederik nur in seiner Meinung bestärkt, dass ich nichts alleine fertigbringe.

Voller Elan nahm ich mir die Karte, auf der alle Stellplätze für Wohnmobile auf der ostfriesischen Halbinsel aufgelistet waren. Ich habe einfach die Augen zugemacht und die Spitze meines Zeigefingers landete in Dangast.

Innerhalb einer Stunde hatte ich den Stellplatz erreicht. Der nette Mann an der Anmeldung wies mir einen Platz gleich neben dem Eingang zu. Ich weiß auch nicht wie, aber ich habe das sechs Meter lange Gefährt ordnungsgemäß geparkt. Ich war richtig stolz auf mich. Mir hätte auch ein bescheideneres Wohnmobil gereicht, aber bei Frederik musste immer alles groß, teuer und pompös sein.

Eine Weile saß ich auf meinem Bett. Eine blöde Idee, so alleine mit diesem riesigen Ding herumzukutschieren. Vielleicht sollte ich doch wieder nach Hause fahren? So weit kommt's noch, dachte ich und beschloss, einen kleinen Rundgang über den Stellplatz zu machen.

Es war warm an diesem Abend. Die Menschen saßen in Campingstühlen vor ihren rollenden Ferienheimen und unterhielten sich. In diesem Moment kam ich mir doch ein bisschen einsam vor.

»Moin«, sprach mich jemand von hinten an. »Sie sind neu hier?«

Abrupt drehte ich mich um und sah mich einem korpulenten Mann Ende fünfzig gegenüber. »Ja«, nickte ich, »eben angekommen.« Selten habe ich mich so fehl am Platz gefühlt.

Der Mann machte einen schnellen Schritt nach vorne. »Ich bin Kalle«, begrüßte er mich und streckte mir die Hand entgegen. »Hier auf dem Platz, eigentlich gilt das für alle Mobilisten, da duzen wir uns. Das ist viel netter.«

»Daniela«, stammelte ich und zog meine Hand aus der Umklammerung von Kalles Pranken. »Ich wollte eigentlich mit meinem Freund, aber der ist ... konnte jetzt doch nicht mitkommen.« Warum habe ich einem wildfremden Mann von Frederik erzählt? »Ich weiß nicht, ob mir das so alleine Spaß macht.« Was erzählte ich da einem völlig unbekannten Menschen?

»Und du willst jetzt auch wieder nach Hause fahren?« Kalle grinste.

»Nein, auf keinen Fall«, schmollte ich. Die Blöße wollte ich mir doch nicht geben.

»Wenn du Lust hast, wir sitzen alle dahinten«, meinte er. Er packte mich am Ellenbogen und wollte mich mit sich ziehen.

»Wer ist denn wir?«, fragte ich sicherheitshalber nach und stemmte mich gegen seine Kraft.

Er schlug sich gegen die Stirn. »Ich bin immer so impulsiv. Also, wir sind eine kleine Reisegruppe. Vor acht Jahren haben wir uns über das Internet kennengelernt und machen seitdem jedes Jahr von ersten Mai an ein paar Tage lang eine kleine Reise durch Ostfriesland.«

So ganz hatte ich das noch nicht verstanden. »Ihr trefft euch jedes Jahr und fahrt durch Ostfriesland?«

Er nickte. »Wir fangen immer in Dangast an und ziehen irgendwann weiter. Erst nach Carolinensiel und später nach Neßmersiel.« Er kam einen Schritt näher. »Und noch jedes Jahr haben sich irgendwelche andere Urlauber zu uns gesellt. Die meisten fanden es toll, in so einer Gruppe zu reisen.«

»Und du meinst jetzt, ich sollte mit euch zusammen ...« Ich konnte mir das überhaupt nicht vorstellen.

»Komm mal mit«, meinte Kalle entschlossen. »Ich stelle dich den anderen einfach vor.«

Da ich keinen Widerspruch einlegte, lief Kalle mit mir im Schlepptau den Hauptweg entlang und bog rechts ab. Wir trafen auf eine Gruppe Menschen, die neben einem großen Grill an einem Tisch saßen und laut lachten.

»Hört mal, Leute«, rief Kalle, worauf die anderen sofort verstummten. »Ich habe euch jemanden mitgebracht. Das ist Daniela und sie reist alleine.«

»Hallo Daniela«, rief eine Frau um die siebzig. Sie lächelte wohlwollend, was mir gleich Vertrauen einflößte.

»Das ist Netti«, stellte Kalle die Frau vor. »Sie ist früher auch immer alleine unterwegs gewesen. Wie lange bist du schon bei uns, Netti?«

»Schon fünf Jahre«, entgegnete diese strahlend. »Ich hatte noch nie so viel Spaß.«

»Siehst du, Daniela«, meinte Kalle und deutete in die Runde. »Ich mach's mal kurz mit der Vorstellung. Also das ist meine Frau Trudi.« Er wies auf eine gefärbte Rothaarige, die ebenfalls so stabil war wie er selbst. »Dahinten sind die Ehepaare Bernd und Ellen aus Emden und Tjark und Lotta aus Bremen. Netti kennst du ja schon, sie kommt aus Aurich. Und dahinten am Grill, das ist Luuk. Er arbeitet beim Finanzamt in Leer und genießt es, dass es auch mal locker zugeht.«

Alle lachten und winkten mir zu. Ich war ein wenig unsicher und blickte in unbekannte Gesichter, die ich in diesem Moment noch nicht auseinanderhalten konnte. »Komm, setzt dich zu uns«, forderte mich Kalles rothaarige Ehefrau auf und zeigte auf einen freien Campingstuhl neben sich. Ich saß nun zwischen mir völlig fremden Menschen und aß mit Genuss Bratwurst und Grillkartoffeln.

Später setzte sich Kalle neben mich. »Und, gefällt es dir?«

Zögerlich zuckte ich mit den Schultern.

»Nur Mut, Mädchen«, grinste er. »Also, wenn du willst, kannst du dich uns anschließen.«

Jetzt nickte ich freudig. Das Abenteuer konnte beginnen.

***

Langsam ließ Janneke das Tagebuch sinken. Es war doch ein beklemmendes Gefühl, die geschriebenen Worte einer Frau zu lesen, die bereits tot war. Der Tagebucheintrag Danielas las sich so, als ob sie sich voller Freude in dieses Abenteuer gestürzt hatte. Und am Ende der Reise war sie tot.

Die junge Ostfriesin sprang auf, nahm das Buch und ging in die Küche, wo ihr Onkel das Abendessen zubereitete. Janneke war froh, jetzt nicht alleine zu sein. Auch wenn Hinrich sie oft zur Weißglut brachte, war sie doch dankbar, dass sie hier zusammen mit ihm in dem von den Großeltern vererbten Haus im ostfriesischen Amdorf wohnen konnte.

»Es nutzt nix«, polterte der Mittsiebziger und trat gegen die Backofentür. »Der spinnt auch in letzter Zeit. Es wird Zeit, dass wir einen neuen kaufen.«

»So alt ist der doch gar nicht?«, wandte Janneke ein.

»Mir hat die Frau in dem Elektroshop erzählt, dass die Sachen nur noch sieben Jahre halten.« Er lachte kurz auf. »Das haben die Hersteller so beabsichtigt und schon einen Fehler eingebaut.« Er holte die Bratpfanne aus der Backröhre. »Ich mache jetzt Pfannkuchen.«

Janneke setzte sich auf das Ostfriesensofa, legte das Buch neben sich auf den Tisch und lehnte sich zurück.

»Was ist denn los?«, wollte ihr Onkel wissen.

»Du weißt ja, dass Jans und Elsies Nichte vor einem Jahr tot in einem Wohnmobil aufgefunden wurde?«

»Ja, weiß ich. Jan hat mir alles erzählt. Irgend so ein Scheißkerl hat sie mit K.-o.-Tropfen umgebracht und alles, was sie hatte, mitgehen lassen. Aber die Polizei hat bis jetzt niemanden dieser Tat überführen können.«

Janneke nickte zustimmend. »Ganz genauso war das. Ich war heute Vormittag bei Elsie und sie hat mir das Tagebuch ihrer Nichte mitgegeben.«

Hinrich schlug vier Eier in eine Schüssel. »Was für ein Tagebuch?«, fragte er nach und kippte Mehl und Zucker auf die Eidotter.

»Die Mutter dieser Daniela hat ihr vor der Abreise ein Buch geschenkt, damit sie ihre Reiseerlebnisse darin festhalten konnte.« Sie legte ihre Hand auf den ledernen Einband des Buches. »Den ersten Eintrag habe ich schon gelesen. Sie wollte ursprünglich mit ihrem Freund eine Tour machen, aber dann gab es Streit und er ist abgehauen.«

»Und weiter?« Mit voller Kraft verrührte der Ostfriese die Zutaten für den Pfannkuchenteig.

»Sie ist dann alleine los und hat sich in Dangast einer Reisegruppe angeschlossen.«

»Und dann ist sie mit den wildfremden Menschen mitgefahren?«

»Ja, ich habe den Rest schon mal überflogen. Den letzten Eintrag hat sie am Ende der Reise in Neßmersiel gemacht. An ihrem Todestag.«

Hinrich ließ den Schneebesen sinken. »Eine tragische Geschichte.«

»Ja, sehr traurig.« Gedankenverloren sah sie ihrem Onkel zu, wie der mit einem Schöpflöffel etwas Teig in eine Pfanne gleiten ließ.

»Gleich fertig«, informierte Hinrich Hoogestraat seine Nichte.

»Ich hätte da eine Idee«, begann Janneke. »Wie wäre es, wenn man die Reise, die Daniela vor einem Jahr gemacht hat, ebenfalls machen würde? Ich konnte aus ihren Aufzeichnungen entnehmen, dass sich die Gruppe jedes Jahr am ersten Mai auf dem Wohnmobilstellplatz in Dangast trifft. Eventuell kann jemand von den Mitreisenden Danielas einen Hinweis zu ihrem Tod geben oder aber einer von ihnen hat selbst etwas mit dem Mord zu tun.«

»Du spinnst jetzt aber gewaltig. Wenn da was wäre, hätte die Polizei das schon herausbekommen.«

»Vielleicht hast du recht«, gab Janneke widerwillig zu, »aber das würde mich reizen, den Spuren dieser toten Frau zu folgen. Vielleicht ist das eine gute Inspiration für mein neues Buch?«

»Du willst doch nicht alleine mit so einem Dingsbums in der Gegend herumfahren?«, rief Hinrich empört. »Spinnst du? Du siehst ja, was passiert, wenn eine Frau alleine unterwegs ist.«

»Jetzt warte doch mal, ich will ja gar nicht alleine fahren.«

»Da bin ich ja mal gespannt, wen du überreden willst, dich zu ...« Hinrich sah in das grinsende Gesicht seiner Nichte. »Du glaubst doch nicht, dass ich derjenige bin, der mit dir fährt?« Er tippte sich an die Stirn.

»Doch, Hinrich, genau das ist mein Plan«, verkündete Janneke und versuchte, ihrer Stimme einen festen Klang zu geben, der keinen Widerspruch duldete. Sie kannte Hinrich, er würde niemals zulassen, dass sie sich in Gefahr begab. »Der Wievielte ist heute?«

Hinrich warf einen Blick auf den Wandkalender. »Heute ist der vierundzwanzigste April.«
»Sehr gut«, freute sich Janneke. »Es bleibt somit ausreichend Zeit, uns vorzubereiten.« Sie nahm den Teller mit dem Pfannkuchen, den ihr Hinrich reichte.

***

Die nächsten zwei Tage versuchte Hinrich Hoogestraat mit allen möglichen Argumenten, Janneke ihr Vorhaben auszureden. Er bat sogar Jan Klüverboom um Hilfe, aber der Schuss ging nach hinten los. Elsies Ehemann bat ihn inständig, Janneke zu begleiten, denn er hoffte, dass seine Frau wieder zum normalen Alltag zurückkehren konnte, wenn die ganze Sache endlich aufgeklärt wäre.
Hinrich gab sich geschlagen und rief seinen alten Kegelbruder Erwin in Weener an. »Hast du noch dein Wohnmobil?«, fiel er gleich mit der Tür ins Haus.
»Jooo«, brummte Erwin. »Willste auf Tour?«
»Ja«, bestätigte Hinrich. »Ich will mit meiner Nichte eine kleine Reise machen. Am ersten Mai soll es losgehen. Und du weißt ja, wie teuer es ist, so ein Teil zu mieten.«
»Scheißteuer«, bestätigte der Kegelbruder. »Fürn Zwanziger am Tag kannste die Kiste haben. Nur tanken musst du.«
So viel Entgegenkommen hätte Hinrich nicht erwartet und verabredete sich mit Erwin für den nächsten Tag auf dem Parkplatz an der Jann-Berghaus-Brücke an der Ems.
Am nächsten Vormittag fuhr er mit Janneke zum vereinbarten Treffpunkt. Schon von weitem erblickten sie ein braun-gelbes Wohnmobil, das seine besten Jahre längst hinter sich hatte. »Nee Hinrich, damit können wir nicht fahren. Wir bleiben auf halber Strecke liegen«, wandte Janneke ein und war kurz in Versuchung, den ganzen Plan fallen zu lassen.
»Papperlapapp«, brummte der Ostfriese. »Ich sehe von außen auch ganz schön ramponiert aus, aber innen drin glüht noch das Feuer der Jugend.«

Janneke wusste im Moment nicht genau, ob Hinrich sie veräppeln wollte.

Erwin winkte sie herbei, kaum dass sie Jannekes Citroën verlassen hatten. »Moin. Hier ist das gute Stück.«

»Moin Erwin.« Hinrich legte eine Hand auf die Motorhaube. »Wie lange hast du das Ding schon?«

Erwin reichte Janneke mit einem knappen Kopfnicken die Hand und zuckte dann mit den Schultern. »Keine Ahnung. Mein Sohn war noch klein, als ich den gekauft habe und der ist jetzt über vierzig.«

»Ist ja sicher ein Diesel«, nickte Hinrich. »Die halten ja ewig.«

»Komm, ich zeige euch alles«, meinte Erwin und öffnete die Fahrertür. Janneke und Hinrich folgten ihm in das Innere des Fahrzeugs.

»Hier oben über den vorderen Sitzen kann man ein Bett ausklappen und mithilfe einer kleinen Leiter nach oben steigen«, erläuterte Erwin.

»Das ist mein Platz«, bestimmte Hinrich sofort. »Janneke, du kannst achtern schlafen. Dahinten sind ja noch zwei Betten, du hast die freie Wahl.«

Ob das eine gute Entscheidung war, bezweifelte Janneke sehr, aber sie wollte abwarten.

In der nächsten halben Stunde wies der Besitzer des Gefährts Hinrich in die Geheimnisse der Handhabung ein. »Ich habe dir noch einen Wasserschlauch und ein Stromkabel reingelegt, damit ihr alles auffüllen könnt.« Erwin zündete sich eine Zigarette an. »Kissen und Decken müsst ihr von zu Hause mitbringen, Geschirr ist drin.«

Hinrich bedankte sich und gab seinem Kumpel hundertsechzig Euro. »Das reicht erst mal für acht Tage. Endabrechnung machen wir zum Schluss. Wie kommst du jetzt nach Hause?«

Erwin hatte schon sein Telefon gezückt. »Mein Sohn holt mich ab.«

Janneke stieg in ihr Auto und folgte dem vor ihr fahrenden Wohnmobil. Zu ihrem Erstaunen schien Hinrich das Lenken des fast sechs Meter langen Gefährts keine Schwierigkeiten zu bereiten.

Die nächsten drei Tage waren Janneke und Hinrich damit beschäftigt, alles Nötige in den Schränken des Wohnmobils zu verstauen. Wobei eine hitzige Diskussion über Jannekes Schuhwerk entbrannte. »Du willst doch nicht mit den Stelzen auf einem Campingplatz rumlaufen?« Fassungslos zeigte er auf ihren enormen Absatz. »Da sind Steine und jede Menge Stolperfallen.«

Widerwillig musste Janneke ihrem Onkel recht geben. Aus den Tiefen ihres Bettkastens förderte sie Sportschuhe mit einem Keilabsatz zutage. Sicherheitshalber verfrachtete sie jedoch zwei Paar ihrer High Heels in ihr persönliches Gepäck ganz nach unten, um für alle Eventualitäten gewappnet zu sein. Ihren Laptop packte sie ebenfalls ein, denn es war ja möglich, dass sie unterwegs die kriminelle Muse küssen würde.

Am frühen Morgen des Ersten Mai bestiegen Janneke und Hinrich Hoogestraat das alte Wohnmobil und fuhren Richtung Dangast.

***

»Moin«, begrüßte sie der junge Mann und trat vor sein hölzernes Gartenhaus. Auf einem großen Schild prangte das Wort *Büro* über der Tür. Neben dem Fenster waren große Hinweistafeln für die Gäste angebracht. »Wie lange wollt ihr denn bleiben?«, sprach er Hinrich durch das geöffnete Autofenster an.

Ehe dieser antworten konnte, hatte Janneke sich schon zu dem Mann hinübergebeugt. »Ein paar Tage, genau wissen wir es noch nicht.«

»Ist in Ordnung.« Der Platzwart zeigte auf den hinteren Teil des Geländes. »Dahinten könnt ihr euch einen Platz aussuchen. Ist alles noch ziemlich leer.«

Hinrich bedankte sich, legte den ersten Gang ein und fuhr langsam über den Hauptweg in die angezeigte Richtung.

»Dort wäre ein guter Platz«, schlug Janneke vor und deutete auf ein Stück Rasen gleich hinter einer Buchsbaumhecke.

»Meinst du?« Hinrich sah sich um. »Dann stellen wir uns erst mal dahin.« Geschickt parkte er das Wohnmobil und zog den Zündschlüssel ab.

»Jetzt müssen wir die Räder sichern«, teilte er seiner Nichte mit, die unschlüssig auf ihrem Sitz saß. Wahrscheinlich war mal wieder mit ihr die Neugier durchgegangen, befürchtete Janneke und hielt in diesem Moment den Gedanken, die Reise der toten Daniela nachzuvollziehen, für eine bescheuerte Idee. Aber ein Rückzieher war jetzt auf keinen Fall mehr möglich, stellte sie mit einem Blick auf ihren Onkel fest, der voller Elan die beiden Keile unter die Hinterräder schob. Nein, das konnte sie Hinrich nicht antun. Jetzt, wo er sich auf das Abenteuer eingelassen hatte.

Janneke stieg aus und sah sich um. Ein weiteres Fahrzeug näherte sich. Wahrscheinlich wird es doch voll werden, überlegte die junge Frau. Na ja, schlimmstenfalls würde sie neue Ideen für ihren nächsten Krimi sammeln können.

»Du guckst, als hätte man dir einen Eimer Wasser über den Kopf geschüttet«, stellte Hinrich nach einem skeptischen Blick auf seine Nichte fest. »Ich freu mich jetzt richtig auf die Reise. Das erinnert mich alles ein bisschen an meine Pfadfinderzeit.«

Janneke hob unschlüssig die Schultern. »Im Moment weiß ich nicht mehr genau, was ich erwartet habe.«

Hinrich kam einen Schritt näher. »Glaubst du, dass das alles Quatsch ist, was wir hier machen?«

Ein lautes Hupen ersparte Janneke eine Antwort. Ein sehr langes Wohnmobil hatte sich direkt neben sie gestellt. Aus einem Fahrzeug, welches auf der gegenüberliegenden Seite geparkt hatte, sprang eine Frau heraus und lief zu dem Neuankömmling, der jetzt ebenfalls ausgestiegen war. »Mensch Kalle, altes Haus«, rief sie freudig und umarmte den korpulenten Mann. »Ich dachte schon, in diesem Jahr wird das nix mit dir.«

»Da sagst du was, Lotta, aber die OP war doch leichter, als ich gedacht hatte.«

Janneke und Hinrich beschäftigten sich mit ihren Klappstühlen und dem kleinen Campingtisch, den sie vor ihrem Wohnmobil aufstellten. Bei dem Namen Kalle war Janneke aufmerksam geworden. Genau diesen Namen hatte doch Daniela in ihrem Tagebuch erwähnt?

Die Beifahrertür von Kalles Wagen öffnete sich und eine dralle Rothaarige stieg aus. Sie ging auf Lotta zu und umarmte diese stumm. Dann trat sie ein wenig zurück. »In diesem Jahr ist alles irgendwie anders, nachdem das mit Daniela passiert ist.« Sie strich sich ihre Haare zurück.

Lotta nahm Kalles Frau am Arm. »Ach Trudi, das war ein Unglück und wir haben es zufällig aus der Nähe miterleben müssen.«

Kalle hatte inzwischen ebenfalls sein Wohnmobil gesichert und vor den Eingang einen Fußabtreter gelegt.

»Moin«, grinste er und kam auf Hinrich zu. »Wir sind ja nun Nachbarn. Wo kommt ihr denn her?« Wohlwollend betrachtete er Jannekes grüne High Heels.

»Aus der Nähe von Leer und ihr?«, antwortete Hinrich und benutzte wie selbstverständlich die vertrauliche Anrede, die ja bei solchen Gelegenheiten durchaus üblich zu sein schien. Janneke hatte Kalles Blick bemerkt und verzog sich schnell ins Innere des Fahrzeugs. Sie verstaute ihre Lieblingsschuhe und schlüpfte in bequemeres Schuhwerk.

Sie nahm das Tagebuch und las noch einmal den ersten Eintrag. Ja, genauso hatte Daniela die Menschen, denen sie eben das erste Mal begegnet war, beschrieben. Sie klappte das Buch zu und versteckte es unter ihrer Matratze. Das hatte ja alles besser geklappt, als sie es sich erhofft hatte.

»Meinst du, das sind die Leute?«, flüsterte Hinrich, als sie wieder draußen war.

»Ja, das ist die Reisegruppe. Ich habe eben noch mal in Danielas Tagebuch nachgelesen. Sie hat diesen Kalle erwähnt.« Verstohlen sah Janneke zu einem anderen Fahrzeug hinüber, welches gerade angekommen war. Ein Paar stieg aus und begrüßte die anderen stürmisch.

»Ich mach mal Kaffee«, sagte Hinrich und machte sich an die Arbeit. Janneke setzte sich auf einen der Klappstühle und beobachtete die drei Paare, während sie den Kopf gesenkt hielt, als würde sie die mitgebrachte Zeitschrift lesen. Über den Rand der Sonnenbrille konnte sie unauffällig die Szenerie betrachten. Die stürmische Begrüßung war noch nicht beendet, als sich ein kleines, altersschwaches Wohnmobil dazugesellte. Die aufgemalten Sonnenblumen erinnerten Janneke an ihre Kindergartenzeit. Es stieg eine ältere Frau aus, die einen schrillen bunten Hosenanzug trug.

»Netti«, schrie Kalle, rannte auf sie zu und hob die kleine zierliche Frau hoch. »Das freut mich aber, dass es geklappt hat.«

Janneke hatte keine Mühe, jedes Wort zu verstehen. Alle redeten wild durcheinander und erzählten sich, wie sie das vergangene Jahr verlebt haben. Überschwänglich gaben alle ihrer Freude Ausdruck, auch in diesem Jahr wieder gemeinsam reisen zu können.

»Wo bleibt denn eigentlich Luuk?«, wollte die rothaarige Trudi wissen.

»Keine Ahnung«, vermeldete Kalle. »Er ist doch sonst immer einer der Ersten.«

»Da hinten kommt er«, schrie Lotta und winkte heftig dem ankommenden Fahrzeug zu. »Da ist Luuk.«

Langsam rollte ein Wohnmobil näher und stoppte. »Na Leute, alles fit?«, rief der Fahrer und steckte dabei den Kopf aus dem Fenster.«

»Mensch, du bist aber spät dran«, maulte Kalle. »Die anderen sind schon alle da.«

»Jetzt hab dich mal nicht so. Ist doch noch massig Zeit.« Er ließ den Motor aufheulen und stellte sich jetzt neben Jannekes und Hinrichs Feriendomizil »Und ist noch Platz genug?«, fragte er Hinrich, als er rückwärtsfahrend kritisch den Abstand zwischen den beiden Fahrzeugen begutachtete.

»Doch, klappt«, vermeldete Hinrich und half Luuk, die Keile unter die Räder zu schieben.

»Danke für die Hilfe.« Luuk reckte die Arme nach oben. »Herrlich, diese frische Luft. Wo kommt ihr denn her?« Er gab Janneke und Hinrich die Hand.

»Aus Amdorf, das liegt bei Leer«, sagte Hinrich. »Und du?«

Luuk klopfte sich lachend auf die Schenkel. »Das gibts doch nicht. Ich wohne in Leer in der Fokko-Ukena-Straße.«

»So klein ist die Welt«, grinste Hinrich. Er hatte sichtlich Spaß an diesem Gespräch.

»Kalle, komm mal rüber«, winkte Luuk. »Du, das sind sozusagen meine Nachbarn.«

»Das freut mich.« Kalle entzündete ein Zigarillo. »Wir sind schon immer froh gewesen, neue Leute kennenzulernen.« Er wies auf die andere Seite des Weges, wo bereits ein Grill aufgestellt war. »Wir wollen gleich grillen, habt ihr Lust, dabei zu sein? Ihr würdet uns eine Freude machen.«

Die anderen hatte Kalles Worte mitbekommen und nickten zustimmend.

Hinrich blühte nun vollends auf. »Ich habe noch kaltes Bier mit. Wir kommen gerne rüber.«

Janneke hatte aufmerksam Kalle und seine Freunde beobachtet. Ja, genauso muss es bei Daniela gewesen sein. Sie konnte sich gut vorstellen, dass eine allein reisende Frau froh war, sich anderen Menschen anschließen zu können.

Eine Stunde später saßen alle an einem großen Klapptisch zusammen. Luuk beschäftigte sich mit den Steaks, während er einen Witz nach dem anderen erzählte. Ellen und Bernd, das Paar, welches zuletzt angekommen war, hatten Janneke und Hinrich freundlich begrüßt und sie ebenfalls eingeladen, sich ihnen anzuschließen.

Sehr zufrieden saß Janneke zwischen ihren neuen Reisegefährten und beglückwünschte sich selbst zu ihrem genialen Plan.

Hinrich und Kalle stießen mehrmals mit Schnaps auf diesen ereignisreichen Tag an und leerten anschließend die Gläser in einem Zug. Bernd holte seine Gitarre aus seinem Wohnmobil und spielte unermüdlich ein Lied nach dem anderen. Hin und wieder sang er dazu. Janneke war fasziniert von seiner warmen, gefühlvollen Stimme. Netti fing nach einer Weile an zu tanzen, wobei ihre vielen Silberarmbänder laut klapperten. Aus den Augenwinkeln konnte Janneke sehen, wie Kalle unauffällig die Hand Lottas ergriff, während seine Frau Trudi mit Luuk Pläne für die nächsten Tage schmiedete.

Schon recht früh verabschiedete sich Janneke. Sie wollte unbedingt den nächsten Eintrag in Danielas Tagebuch lesen.

3. Kapitel

Mai 2018. Liebes Tagebuch, eine merkwürdige Gruppe ist das schon, aber ich bin froh, nicht alleine zu sein. Da ist einmal Kalle, der alles bestimmen will. Wahrscheinlich muss er in seinem Reisebüro auch so viel reden, damit die Leute endlich eine Reise buchen. Luuk, der Spaßvogel, der sein Leben beim Fiskus fristet. Und dann Bernd und Ellen aus Emden, die ziemlich einsilbig sind und fast nie ein Wort reden. Ich möchte mal wissen, warum sie sich jemandem anschließen, wenn sie doch nichts zu sagen haben. Kalle hat erzählt, dass die beiden einen Bioladen betreiben. Ob sie mit ihren Kunden in Zeichensprache reden? Netti ist superfreundlich, nimmt jeden bei der Hand und sorgt sich um aller Wohl.

Tjark und Lotta sind fröhliche und redselige Menschen, die offensichtlich die gemeinsame Reise genießen.

Heute Morgen waren wir alle zusammen am Strand. Lotta hatte ruckzuck ihre Jeans ausgezogen und war ins Wasser gehüpft. »Na, ihr Feiglinge«, rief sie aufgeräumt und hob die Arme. »Es ist herrlich.«

Kalle amüsierte sich darüber derart, dass er fast keine Luft bekam. »Du wirst dich noch wundern, Morgen liegst du flach.« Dabei machte er eine anzügliche Bewegung.

»Sind ja nicht alle solche Weicheier wie du«, giftete Trudi ihren Mann an. Sie hat wahrscheinlich, genau wie ich, schon bemerkt, dass Kalle die Nähe des weiblichen Geschlechts sucht, um hemmungslos herumzugockeln. Ich gebe zu, dass die schlanke Lotta um einiges attraktiver ist als die pummelige Trudi, aber dass er in aller Öffentlichkeit mit ihr herumbalzt, finde ich auch etwas unverschämt. Sogar Ellen hat er schon hinterhergeschielt, das hat aber außer mir sicher keiner bemerkt.

Später haben wir alle in einem Fischimbiss am Strand gegessen, wobei Trudi lauthals Kalle darauf aufmerksam machte, dass er an seine Cholesterinwerte denken solle. »In deinem Alter ist das gefährlich«, hatte sie noch hinzugefügt und sich gefreut, dass ihrem Mann der Hinweis peinlich war.

Zurück auf dem Campingplatz verzog ich mich ins Bett und sah mir auf meinem Smartphone einen Spielfilm an. Ich war gerade eingeschlafen, als Frederik anrief. Er gab sich zerknirscht.

»Bist du mir noch böse?«, sülzte er. Ich war stinksauer. Frederik ist ein Typ, der meint, nur er könne alles richtig machen. Zugegeben, in seinem Beruf als Anwalt ist er doch sehr erfolgreich, aber auch privat musste alles nach seinem Kopf gehen. Ich bin immer noch froh, dass ich auf sein Angebot, in seine Villa am Bremer Stadtrand einzuziehen, nicht eingegangen war. Meine Unabhängigkeit ist mir wichtiger als eine teure Einbauküche mit computergesteuertem Cerankochfeld.

Jetzt saß ich hier in einem luxuriösen Wohnmobil und konnte sehen, wie ich mit allen anfallenden Arbeiten, die solch ein Gefährt mit sich brachte, zurechtkam. Ich habe Frederik kurz abgewürgt und bin aufgestanden, weil ich nachsehen wollte, warum so ein Tumult draußen war.

Trudi winkte mir zu. »Komm mal rüber, wir haben Zuwachs bekommen.«

Ein gutaussehender Mann in meinem Alter kam mir entgegen. Fröhlich lächelnd reichte er mir die Hand. »Freut mich, dich kennenzulernen. Ich bin Adrian Kowalski und gehöre jetzt auch zu dieser verrückten Truppe. Kalle hat mich eingeladen, euch zu begleiten.«

Ich war mehr als erfreut über die weitere Gesellschaft. Adrian machte einen entspannten Eindruck und ruhte scheinbar in sich selbst. »Wenn du mein mobiles Ferienheim suchst, meinen Bulli habe ich hinter Kalles Monstrum gestellt. Für mich reicht eine kleine Koje.« Er grinste mich auf eine sehr sympathische Weise an.

»Leute, gleich gibt es etwas zwischen die Zähne«, brüllte Luuk in die Runde. Er hatte bereits den Grill angeworfen, Netti hatte in Windeseile einen Salat gezaubert und auf den Tisch gestellt.

»Morgen geht es weiter nach Carolinensiel«, verkündete Kalle nach dem Essen. »Wir wollen doch unserer Tradition treu bleiben. Ein Prost auf Adrian und Daniela, die sich auf das Abenteuer eingelassen haben, uns zu begleiten.«

Ich habe mich schon lange nicht mehr so amüsiert wie heute Abend. Der Blödmann Frederik kann mir gestohlen bleiben.

***

»Daniela hat in ihrem Tagebuch einen Adrian erwähnt«, sagte Janneke, als sie mit Hinrich beim Frühstück saß.

Der hielt sich den Kopf und stöhnte leise. »Hast du Aspirin mit?«

»Geschieht dir ganz recht«, teilte ihm Janneke mit unbewegter Miene mit. »Einer der Schnäpse war wohl zu viel?«

»Das merk ich mir«, grollte er und sah beleidigt aus dem Fenster. »Was hast du eben von einem Adrian erzählt?«

»Daniela hat einen Mann namens Adrian erwähnt, der einen Tag später zur Reisegruppe gestoßen ist.«

»Vielleicht kommt er heute?« Hinrich trank einen Schluck von seinem Katergebräu, schwarzer Tee mit Zitrone. »Wenn nicht, fragst du einfach jemand von den anderen.«

Janneke rollte mit den Augen. »Und wie bitte soll ich erklären, woher ich überhaupt von der Existenz eines Adrian weiß?«

»Du wirst ja sehen, ob so ein Mensch noch auftaucht.« Mit zusammengekniffenen Lippen öffnete Hinrich eine Dose Hering in Tomatensoße. »Ich denke, dass du dir da was einbildest, wenn du glaubst, den Tod von Elsies Nichte aufklären zu können.«

»Vielleicht hast du recht«, musste sie zugeben. »Wahrscheinlich ist die Neugier mit mir durchgegangen, aber wir haben ja trotz allem eine schöne Zeit. Ich finde es spannend, die Reise von Daniela nachzuempfinden. Ich hätte da sogar schon eine Idee für ein Buch.« Sie war bemüht, die Reise in einem positiven Licht erscheinen zu lassen, und wollte nicht, dass ihr Onkel es bereute, sich auf das Abenteuer eingelassen zu haben.

Hinrich brummte etwas Unverständliches und biss in ein Knäckebrot. »Ich muss mir mal ansehen, wie man das Klo hier in diesem Ding sauber macht«, nuschelte er nach dem Frühstück und ließ seine Nichte alleine.

Eine doofe Idee war das, dessen war sich Janneke jetzt sicher. Wie war sie nur darauf gekommen, dass ausgerechnet sie dahinterkommen würde, wer Daniela dies angetan hatte, obwohl die Polizei alles mehr als gründlich in Augenschein genommen hatte.

Sie holte ihren Laptop, startete ihn und gab den WLAN-Schlüssel des Campingplatzes ein. Gott sei Dank war diese Serviceleistung in fast allen Bereichen des Tourismus Standard. Sie suchte in einer Suchmaschine Presseartikel, die sich mit dem Mord an Daniela G. befassten, aber zu ihrem Leidwesen erfuhr sie nichts Neues. Frustriert klappte sie ihren Laptop zu und ging nach draußen.

Netti saß vor ihrem bunten Wohnmobil und las. Vor ihr stand eine bauchige Kanne auf einem Stövchen. »Moin Netti«, begrüßte Janneke die Frau und setzte sich neben sie auf den zweiten Campingstuhl. »Störe ich dich?«

Die ältere Frau lachte. »Auf keinen Fall. Ich liebe es, mich mit jemandem zu unterhalten. Hast du schon etwas gegessen? Du kannst auch einen Tee haben.«

»Danke Netti, ich habe eben gefrühstückt.«

Netti goss Tee auf ein Kluntje und gab etwas Teesahne hinzu. »Das brauche ich, ohne Tee geht nichts. Wusstest du, dass die Ostfriesen dreihundert Liter Tee im Jahr trinken?«

»Ja, mein Onkel hilft tüchtig mit, damit diese Statistik stimmt«, lachte Janneke. »Wo sind die anderen?«

»Kalle, Luuk und Bernd sind am Strand. Wo Ellen und Lotta sind, weiß ich nicht. Trudi sucht eine Boutique.« Netti grinste. »Sie hat heute Morgen ihren Badeanzug anprobiert. Das heißt, sie wollte es, aber ihr üppiger Körper hat nicht hineingepasst.«

»Oh je«, schmunzelte Janneke und versuchte ernst zu bleiben. »Irgendwie tut sie mir leid. Ihr Mann jagt ja jedem Rock hinterher, zumindest mit den Augen.«

»Man mag es kaum glauben, aber Kalle ist ein schlimmer Schwerenöter. Dabei sieht er aus wie ein Presssack auf Beinen. Vielleicht liegt es daran, dass er sehr vermögend ist. Seine Reisebüros gehen anscheinend ziemlich gut.«

»Und Ellen? Sie ist sehr zurückhaltend. Ich habe sie kaum zu Gesicht bekommen.«

»Ja, sie ist immer still, aber achtet wie ein Luchs darauf, was ihr Mann macht«, erzählte Netti weiter.

»Gehört noch jemand zu eurer Gruppe oder seid ihr komplett?«

Netti senkte den Kopf. »Also, wenn du den harten Kern meinst, sind wir komplett. Aber morgen kommt noch Adrian, direkt nach Carolinensiel.«

»Adrian?«

»Ja, Adrian Kowalski, er arbeitet in einem Autohaus, ich weiß noch nicht mal wo.« Netti spitzte die Lippen. »Ich kann dir sagen, der sieht spitze aus. Wenn ich ein paar Jahre jünger wäre, würde ich den vernaschen, darauf kannst du wetten.«

»Wie hat das eigentlich angefangen mit eurer Reisegruppe?«

»Ich war damals noch nicht dabei. Die vier Ehepaare haben sich durchs Internet kennengelernt und haben jedes Jahr im Mai eine kleine Rundreise gemacht. Inzwischen ist Luuks Frau gestorben. Hin und wieder hat sich jemand dazugesellt, aber niemand ist fest dabeigeblieben«, erzählte Netti. »Ich bin vor sechs Jahren dazugestoßen und mache den Zirkus jedes Jahr mit.«

Janneke überlegte krampfhaft, wie sie das Gespräch auf Daniela lenken konnte. »Du freust dich sicher auf jedes Jahr. Ihr lernt bestimmt eine Menge Leute kennen.«

»Da hast du recht«, sie seufzte. »Leider kam es beim letzten Mal zu einem tragischen Ereignis.«

»Was ist denn passiert?«

»Wir hatten eine Mitreisende, ihr Name war Daniela. Eine nette Frau aus Bremen. Sie hat sich sichtlich wohlgefühlt in unseren Reihen. Aber in der letzten Nacht auf dem Stellplatz in Neßmersiel ist sie ausgeraubt worden.« Netti schauderte sichtbar. »Man hat sie betäubt, um ungestört nach Wertsachen suchen zu können. Und an dem Gift, was man ihr gegeben hat, ist sie gestorben.«

»Wie tragisch«, sagte Janneke und meinte das durchaus ernst.

»Das ist noch nicht alles.« Netti lief jetzt zur Hochform auf. »Luuk war mit seiner Ehefrau auch eines der Gründungsmitglieder, wenn man das so formulieren kann. Antje war eine nette Frau, genauso lustig wie ihr Mann. Und hübsch war sie, mit langen blonden Locken, eben eine Erscheinung.«

»Und was ist dann passiert?«

»Ganz genau weiß das niemand. Eine Urlauberin hat sie morgens tot am Strand gefunden. Das muss jetzt ungefähr vier Jahre her sein. Ihr Kopf hatte eine große Wunde, ihr Rucksack mit Handy und allen Kreditkarten war weg.«

»Ein Überfall?«

»So hat man angenommen. Niemand hat etwas gesehen. Wir haben uns auch nicht gewundert, dass Antje so früh am Morgen zum Strand gegangen war, das tat sie immer. Später kam sie mit den Frühstücksbrötchen zurück.«

»Das hat ja gewisse Ähnlichkeiten mit der toten Frau, die im letzten Jahr bei euch war und auch überfallen worden ist.«

»Ja, jetzt wo du das sagst ... So weit habe ich noch gar nicht gedacht!«

»Und wo ist das passiert?«, wollte Janneke wissen.

»Am Strand wurde Antje überfallen und Daniela in ihrem Wohnmobil.«

»Ich meine, in welchem Ort? Diese Daniela wurde in Neßmersiel ausgeraubt und Antje?«

»Antje starb in Carolinensiel. Luuk hat sehr unter dem Verlust seiner Frau gelitten, niemand hätte gedacht, dass er wieder mit uns auf Tour kommt. Aber wie es aussieht, hat ihm unsere Gesellschaft gutgetan.« Netti seufzte und fuhr sich durch ihre grauen Haare. »Ich finde es schon befremdlich, dass zwei Frauen, die sich in unserer Gesellschaft befanden, unter solch mysteriösen Umständen ums Leben kamen.«

Merkwürdig war das auf alle Fälle, dachte Janneke und fragte sich, ob es solche Zufälle wirklich geben kann.

»Wir sollten uns auf unsere Fahrt nach Carolinensiel morgen vorbereiten« schlug Netti vor. »Aber wir haben ja noch den ganzen Tag Zeit.«

»Ja, ich muss auch noch einige Dinge erledigen«, sagte Janneke und ließ die nachdenklich vor sich hin blickende Netti alleine. Es war Zeit, sich wieder mit Danielas Tagebuch zu befassen.

4. Kapitel

Mai 2018. Liebes Tagebuch, die Fahrt nach Carolinensiel habe ich gut überstanden. Kalle hat sich zu mir gesetzt und das Steuer übernommen. Trudi hatte diesen Vorschlag gemacht. »Hilf dem jungen Ding mal mit dem großen Fahrzeug. Ich fahre mit unserem Wohnmobil hinter euch her.«

Kalle hat die ganze Zeit nur gequatscht, aber es tat mir gut, nicht alleine zu sein. Ich dachte die ganze Zeit an Frederik und hatte mich innerlich schon dazu entschlossen, ihm endgültig den Laufpass zu geben.

In Carolinensiel angekommen, stieg Kalle aus und lief schnurstracks zu dem Gebäude, in welchem die Anmeldung und die sanitären Anlagen untergebracht sind. Er kam zusammen mit Franz Teerling, dem Betreiber des Platzes, wieder heraus, der uns unsere Stellplätze zuwies. »Da stört euch niemand«, meinte er, der figürlich gesehen ein Zwillingsbruder von Kalle sein könnte.

Netti, Lotta und Trudi verschwanden sofort in die Sauna. Bernd und Ellen saßen kurze Zeit später vor ihrem Wohnmobil. Während sie schweigsam ihr Strickzeug bearbeitete, las er ebenso stumm in einer Bio-Zeitschrift.

Ich setzte mich zu den übrigen Männern, die gerade eine Einkaufsliste für das heutige Abendessen erstellten.

»Ich kann euch doch helfen?«, bot ich an, obwohl die Küche der letzte Ort war, in dem ich mich gerne aufhielt. Aber irgendwie fühlte ich mich verpflichtet, das zu sagen.

»Wenn du helfen willst, kannst du mich begleiten«, meinte Luuk. »Kalle hat zwei Klappfahrräder dabei. Damit könnten wir zum nächsten Supermarkt fahren.«

Zehn Minuten später war ich mit Luuk auf dem Weg zum Einkaufen.

»Sag mal, dein Name klingt so niederländisch«, fragte ich ihn, als wir dabei waren, unsere Einkäufe in die Satteltaschen zu verstauen. »Aber du hast überhaupt keinen Akzent.«

»Ja, das kommt daher, dass ich in Emden geboren bin. Mein Vater hatte die Niederlande schon lange vor meiner Geburt verlassen, der Liebe wegen«, grinste er. »Meine Mutter war eine waschechte Berlinerin. Ich bin sozusagen ein Beuteostfriese.«

»Das hätte ich jetzt nicht gedacht.«

Auf dem Rückweg machten wir einen kleinen Umweg durch den Carolinensieler Museumshafen. »Ist das nicht schön hier?« Zum ersten Mal seit Tagen fühlte ich mich leicht und zufrieden. Vielleicht lag es an der Trennung von Frederik, die ich in meinen Gedanken schon vollzogen hatte. Ich musste ihm das nur noch mehr oder weniger schonend beibringen.

Luuk hingegen wirkte jetzt sehr angespannt. Er presste seinen Mund verbissen zusammen und schien die Idylle der Umgebung gar nicht wahrzunehmen. »Lass uns zurückfahren«, schlug ich vor. Luuk nickte nur und schweigend brachten wir die restliche Strecke hinter uns.

Nach einer ausgiebigen Mittagspause, ich hatte meinen historischen Roman endlich zu Ende gelesen, fand ich nur Ellen und Bernd vor, die wie immer vor ihrem Wohnmobil saßen und sich mit sich selbst beschäftigten.

»Wo sind die anderen?«, wollte ich wissen. Ich bemerkte das erste Mal, das Ellens Haare, obwohl sie bestimmt noch keine fünfzig war, von grauen Fäden durchzogen waren und schlaff an ihrem Kopf herunterhingen.

Bernd sah kurz hoch. »Ich glaube, Trudi und Kalle sind ins Sielhafenmuseum gegangen. Tjark und Lotta liegen im Bett und Adrian ... ich habe keine Ahnung.«

Ich bedankte mich und schlenderte Richtung Strand, der reichlich bevölkert war. Familien mit kleinen Kindern, Großeltern mit den Enkeln. Irgendwie schmerzte es mich, Menschen mit Kindern zu sehen. Vor zehn Jahren, ich war gerade ein Jahr mit Frederik zusammen, war es mein sehnlichster Wunsch, endlich Mutter zu werden. Das richtige Alter hatte ich ja damals. Frederik war gerade in seinem Referendariat und hatte keinen Sinn für Familienplanung.

Während eines Urlaubs in Amsterdam gestand er mir, dass er fest davon überzeugt sei, nicht der Familienmensch zu sein, den ich sicherlich erwartete. Er mochte keine kleinen Menschen, die mit rotzigen Nasen und schmutzigen Fingern durch die Welt liefen. Nach langem Überlegen setzte ich die Pille ab und ließ es darauf ankommen. Nichts geschah. Drei Jahre lang nichts. Ein Spezialist erklärte mir, dass es durchaus möglich sei, dass wir kinderlos blieben, weil etwas zwischen uns nicht stimmte. »Ich habe schon Paare erlebt«, führte er aus, »wo es jahrelang nicht geklappt hat und dann, nachdem sich Mann oder Frau neu orientiert hatten, kamen die Kinder.«

Erst jetzt wurde mir bewusst, dass Frederik in jeder Beziehung der falsche Mann für mich war. Aber wie brachte man einem rechthaberischen, von sich selbst überzeugten Mann bei, dass er jetzt bei mir abgemeldet war?

Ich beschloss, später darüber nachzudenken, und ging wieder zurück. Alle saßen bereits zusammen, inklusive Franz Teerling, der mich mit einem lauten »Ach, da ist ja die kleine Krabbe«, begrüßte. Irgendwie fand ich ihn widerlich, wie er da mit seiner dicken Wampe saß und breit grinste.

Der Abend war lang und lustig, da störte es mich auch nicht, dass Franz mir hin und wieder einen, wie er sicherlich meinte, feurigen Blick zuwarf. Alles Idioten, die Männer. Morgen fahren wir weiter nach Neßmersiel.

***

»Daniela wusste nicht, dass Luuks Frau ums Leben gekommen ist«, erzählte Janneke beim Frühstück ihrem Onkel. »Jedenfalls hat sie es nicht erwähnt.«

»Und du weißt von Netti, was mit Luuks Frau passiert ist?«

Janneke nickte. »Ja, sie wurde am Strand ausgeraubt und getötet. Sie hat mir in diesem Zusammenhang auch von Daniela erzählt. Aber ob die beiden Taten etwas miteinander zu tun haben, weiß ich auch nicht. Wahrscheinlich ist das nur ein Zufall, obwohl man das nicht so recht glauben will.«

»Bemerkenswert ist das schon, wenn zwei Frauen, die eng in diese Gruppe eingebunden sind, auf solche Weise zu Tode kommen.«

»Ja, das ist schon auffällig«, meinte Janneke, »aber jetzt bin ich erst mal gespannt, was und wen wir in Carolinensiel vorfinden.«

Hinrich war schon aufgesprungen. »Ich will noch das Klo leer machen, und Wasser auffüllen muss ich auch noch«, brummte er, ohne die Worte seiner Nichte zu kommentieren.

Na ja, dann nicht, resignierte Janneke, räumte das Frühstücksgeschirr weg und verstaute es in den abschließbaren Schränken, damit während der Fahrt alles an seinem Platz blieb.

Die einstündige Fahrt im Konvoi nach Carolinensiel führte die Gruppe über Schortens und Wittmund, vorbei an gepflegten Bauernhöfen, kleinen Ortschaften und grünen Weiden.

»Ich fange an, mich zu entspannen«, seufzte Janneke und strecke ihre Arme nach oben. »So schön ruhig hier.«

»Dann warte mal ab«, brummte Hinrich, »wenn Kalle wieder am Sabbeln ist, dann ist es mit der Ruhe vorbei. Der hört gar nicht mehr auf.«

»Der Chef des Wohnmobilplatzes in Carolinensiel heißt Franz Teerling und ist genauso dick wie Kalle.«

»Woher weißt du das?«, wollte Hinrich wissen und hob erstaunt die Augenbrauen.

»Aus Danielas Tagebuch, da steht es drin.«

»Und was hat sie sonst noch so geschrieben?«

»Eigentlich hat sie nur ganz harmlose Begebenheiten erwähnt, etwas hat sie auch über ihren Freund geschrieben.«

»Also nix mit Mord und Totschlag?«, feixte Hinrich. Er kannte die Vorliebe seiner Nichte für spektakuläre Ereignisse.

»Nein«, meinte Janneke. »Irgendwie hatte ich mir mehr erhofft. Die Aufzeichnungen sind nur Reiseerinnerungen einer jungen Frau, die Stress mit ihrem Freund hat. Und die Reisegruppe bietet auch keinen Hinweis auf Danielas Tod.«

Hinrich parkte in Carolinensiel hinter Kalles Wohnmobil und sah ihm nach, wie er zur Anmeldung ging. »Hoffentlich haben die hier für alle Platz?« Er öffnete die Tür und stieg aus.

»Bestimmt, es ist ja hier sehr weitläufig«, hoffte Janneke, die ebenfalls den Wagen verlassen hatte. Kalle, der gerade das Gebäude wieder verließ, war in Begleitung eines Mannes, der mit rudernden Bewegungen auf sie zukam. Er begrüßte die anderen wie alte Bekannte. »Leider gibt es schlechte Neuigkeiten. Die Duschen und die Toiletten sind defekt. Ein paar Gäste sind deshalb schon abgereist.«

»Das ist aber blöd«, meinte Tjark. »Und was machen wir jetzt?«

»Ohne Klo geht gar nicht«, maulte Trudi.

Janneke konnte gar nicht begreifen, wieso das ein so großes Problem war. »Wir haben doch eigene Toiletten im Wohnmobil«, wandte sie ein.

»Die sind ja nur für Notfälle«, klärte Ellen sie auf. »Auf die Dauer wäre das lästig, den Behälter so oft leeren zu müssen.«

»Tut mir leid, Leute, aber ihr fahrt am besten morgen früh nach Neßmersiel weiter«, empfahl Franz Teerling. Er bot der Gruppe an, sie am nächsten Morgen dorthin zu begleiten, da auch der Stellplatz dort unter seiner Leitung lief. »Ich kann euch die besten Plätze organisieren«, versprach er. Janneke war da eher skeptisch. Was sollte er schon machen, wenn viele Plätze schon belegt waren?

Spät am Abend kam Adrian Kowalski mit seinem umgebauten Bulli an. Lässig stieg er aus und begrüßte alle nacheinander. Lächelnd reichte er Janneke die Hand. Er sieht wahrhaftig gut aus, stellte sie in Gedanken fest. Netti hatte nicht zu viel versprochen.

***

Nach dem Frühstück brachen alle auf und erreichten in kürzester Zeit Neßmersiel.

Franz Teerling lotste die Fahrzeuge seiner Freunde auf die Plätze direkt hinter dem Sanitärgebäude, in dem neben einem kleinen Schwimmbad auch die Sauna untergebracht war. »Na Leute, habe ich euch zu viel versprochen?«

Alle schienen begeistert. Hinrich und die anderen Männer sicherten die Räder. Netti und Lotta bereiteten Tee und stellten Gebäck auf die bereitgestellten Tische.

»So, und alles fit?« Beifall heischend sah Kalle in die Runde. Alle nickten und genossen ihre Tasse Tee.

»Wer ist mit Einkaufen dran?« Kalle, ganz Chef, sah von einem zum anderen.

»Vielleicht könnt ihr auch mal Gemüse mitbringen?«, bat Ellen. »Das ewige Fleisch hängt mir zum Hals heraus und außerdem ist es ungesund.«

»Kalle nickte. »Das sollte nicht das Problem sein. Also wer?«

Janneke hob die Hand. »Ich komme mit. Ich weiß aber nicht, wo der Supermarkt ist.«

»Ich weiß es«, meinte Bernd zurückhaltend. »Also, wenn niemand will, gehe ich mit Janneke mit. Kalle, können wir deine Räder haben?«

Eine halbe Stunde später radelten Bernd und Janneke zum Supermarkt, der unweit des Zentrums lag. Geschickt und zielstrebig wählte Bernd das Gemüse und die Grillsteaks aus, wobei er sich auf eine heftige Diskussion über biologische und artgerechte Tierhaltung mit dem Fleischverkäufer einließ.

»Ich hätte jetzt Lust auf ein Eis«, meinte Janneke, als alles erledigt war.

Bernd sah auf die Uhr. »Ich will nicht so lange wegbleiben«, seufzte er. »Ellen macht sich schnell Sorgen.«

»Sie weiß doch, wo du bist«, sagte Janneke und hielt vor einer Eisbude. »Hier bekommen wir bestimmt was Leckeres.«

Mit gefüllten Eistüten nahmen sie auf einer Bank gleich nebenan Platz. »Macht sich Ellen immer solche Sorgen, wenn du unterwegs bist?«, nahm sie den Faden wieder auf.

»Ja, manchmal ist es übertrieben«, erzählte Bernd bereitwillig. »Wir haben ja den Bioladen deswegen eröffnet.«

»Das verstehe ich nicht ganz.«

Es war Bernd sichtlich peinlich, aber er sprach weiter. »Ich habe früher bei einer Baufirma im Büro gearbeitet. Ellen hin und wieder in einer Bücherei.« Er stöhnte jetzt auf. »Es fing ganz harmlos an. Sie hat mich oft von der Arbeit abgeholt oder tagsüber mal mit mir telefoniert. An einem Abend kam ich aus dem Büro und habe mich mit meiner Kollegin unterhalten. Ellen stand am Eingang und hat das gesehen. Später hat sie mir eine Szene gemacht. Sie wollte unbedingt wissen, was ich von der Frau wollte. Ich hätte mich doch sehr vertraut mir ihr unterhalten.«

»Sie war eifersüchtig?«

Bernd nickte. »Und das nicht zu knapp. Sie hat mich von da an jeden Tag mindestens vier- oder fünfmal angerufen. Sie wollte angeblich wissen, ob es mir gut geht und was ich gerade mache.« Bernd warf den Rest seiner Eistüte in den Müll.

Janneke hielt ihre Hand schützend unter das tropfende Eis. »Das war bestimmt nicht schön.«

»Ich habe mir dann überlegt, dass es vielleicht besser wäre, wenn ich auch tagsüber mit Ellen zusammen bin, dann könnte sie mich ja nicht mehr nerven.« Jetzt grinste er. »Das war eine gute Idee. Wir haben den Bioladen eröffnet und jetzt läuft alles rund, jedenfalls fast. Es ist nicht mehr so schlimm wie früher.«

»Und wieso gerade einen Bioladen?«

»Wir haben uns schon immer bewusst ernährt und da lag es ja nahe.«

»Manchmal kann man mit einer Änderung im Leben seinen Frieden zum Teil wiederfinden«, philosophierte Janneke.

»Wir sollten uns aber jetzt auf den Rückweg machen, denn Sorgen macht sich meine Frau immer noch.«

Hinrich saß mit Tjark und Kalle in der Sonne und drosch einen Skat. Janneke hatte nie verstanden, was die knappen Worte, die die Männer sich zuriefen, bedeuteten.

Im Wohnmobil startete sie ihren Computer und gab den Namen *Antje van Dijk* in die Maske einer Suchmaschine ein. Sie fand einen Artikel der Ostfriesen Zeitung, die über einen Raubüberfall in Carolinensiel berichtete. Antje D. zweiundfünfzig, war Opfer eines brutalen Raubüberfalls geworden. Jemand hatte mit einem stumpfen Gegenstand auf sie eingeschlagen. Laut Obduktion war die Frau an einer massiven Hirnblutung gestorben. Es gab keine Zeugen und die Polizei erhielt auch keinerlei Hinweise auf ein mögliches Motiv. Da die Geldbörse des Opfers fehlte, ging man von einem Raubmord aus. Die entwendeten Kredit- und Scheckkarten wurden aber nach der Tat nie belastet. Auch das Mobiltelefon des Opfers wurde nie mehr benutzt.

Nachdenklich sah Janneke aus dem Fenster. Was bedeutete das? War der Raubmord nur vorgetäuscht?

Die Männer hatten ihr Kartenspiel beendet und hielten jeweils eine Flasche Bier in der Hand. Adrian, der sich gerade dazugesellt hatte, hielt sich an einer Flasche Wasser fest.

Bis jetzt hatte ihr Danielas Tagebuch keinerlei Hinweise zum Tod der jungen Frau gegeben. Wobei es doch eigentlich kein Zufall sein konnte, dass beide Frauen während der Rundreise der Reisegruppe ums Leben gekommen waren. Gab es da einen Zusammenhang?

Janneke wurde aus ihren Gedanken gerissen. Netti und Trudi kamen laut lachend an und hielten eine Tüte hoch. »So Jungs, was Süßes.« Trudi öffnete die Tüte und hielt sie einem nach dem anderen hin. »Ganz frische Berliner. Bis zum Essen dauert es noch.«

Janneke verstaute den Laptop in ihrer großen Handtasche und diese in dem Schrank über ihrem Bett. Sie bürstete ihre Haare und ging nach draußen.

»Komm Janneke, du bist doch sicher auch für etwas Leckeres zu haben?« Trudi hielt ihr die geöffnete Tüte hin.

»Wo ist denn der Rest der Bande?«

»Bernd ist noch mal zum Buchladen, Lotta hat sich ihm spontan angeschlossen und Ellen hat sich zurückgezogen.«

»Ich geh in die Sauna«, verkündete Trudi, nachdem sie zwei Berliner verputzt hatte. »Wer geht mit?«

Netti sprang auf. »Warte, ich hole nur meine Sachen.«

»Und ihr?« Gut gelaunt sah sie von einem zum anderen. Keiner machte Anstalten, aufzustehen. »Dann nicht, aber ihr verpasst was.«

»Ich laufe zum Strand«, sagte Janneke. »In einer Stunde bin ich wieder da.«

»Hast du was dagegen, wenn ich dich begleite?«, fragte Adrian und stand schon neben ihr.

»Nein, würde mich freuen.«

Eine Weile liefen sie schweigend nebeneinander her. »Wo wohnst du eigentlich?«, wollte Adrian wissen, als sie am Strand entlangliefen.

Janneke zog ihre Schuhe aus. »In Amdorf, das ist ein kleines Dörfchen in der Nähe von Leer. Und du?« Janneke sah in seine tiefbraunen Augen, die seine attraktive Erscheinung noch vervollständigten.

»Ja, seit einem Jahr wohne ich in Esens, vorher war ich in Oldenburg zu Hause. Ich arbeite in einem Autohaus, nichts Besonderes. Mein Chef hat nur zwei Filialen.«

»Da wirst du sicher nie arbeitslos«, bemerkte Janneke. »Neue Autos finden immer Abnehmer. Obwohl ich ja lieber ganz alte Schinken fahre. Ich finde, da ist noch Seele drin.«

Adrian lachte. »Aber wenn das Ding mit der Seele stehen bleibt, ist das auch nichts.«

»Ja, stimmt, dann hängt man irgendwo im nirgendwo und kommt nicht weiter.«

»Man kann machen, was man will, es wandert immer eine Menge Sand in die Schuhe.« Adrian hatte jetzt ebenfalls die Schuhe ausgezogen. »Kommst du viel rum? Ich weiß nicht, was du beruflich machst?«

»Das ist verschieden. Ich arbeite mal als Journalisten, mal als Autorin für Reiseberichte. Hauptberuflich schreibe ich Krimis, aber unter einem männlichen Pseudonym.«

»Wieso ein männliches Pseudonym? Frauen können doch auch gute Krimis schreiben?«

Janneke musste lachen. »Da bin ich ganz deiner Meinung, aber viele sind davon überzeugt, dass nur Männer, am besten mit einem englisch klingenden Namen, gut ankommen.«

Adrian wirkte nachdenklich. »Jetzt, wo du gerade Krimi erwähnst, du hast doch sicher mitbekommen, was sich in Neßmersiel im letzten Jahr ereignet hat?«

»Du meinst den Tod der jungen Frau, die sich auch der Reisegruppe angeschlossen hatte?«

»Ja, das meine ich«, bestätigte er. »Ich war ganz schön geschockt. Wer hätte gedacht, dass man in dieser Urlaubsidylle mit sowas konfrontiert wird.«

»Dann hast du Daniela kennengelernt?«

Er hob erstaunt die Augenbrauen. »Du weißt sogar ihren Namen?«

»Netti hat es mir erzählt«, teilte sie ihm mit. »Sie hat mir auch von Luuks Frau erzählt.« Janneke blieb stehen. »Macht es dir etwas aus, wenn wir umkehren?«

Adrian schüttelte den Kopf. »Wir sind ja auch ein gutes Stück gelaufen.«

Gern hätte Janneke auf dem Rückweg mehr über die Todesfälle erfahren, aber Adrian hatte das Thema gewechselt und sie wusste nicht, wie sie das Gespräch unauffällig wieder darauf bringen sollte.

Kurz vor dem Wohnmobilstellplatz trafen sie auf Bernd und Lotta, die ganz intensiv plaudernd auf einer Friesenbank an einem Kinderspielplatz saßen.

»Na, ihr zwei?«, lachte Janneke. »Wart ihr erfolgreich?«

»Auf alle Fälle«, entgegnete Lotta gutgelaunt. »Ich habe ein tolles Buch gefunden, eine Familiensaga aus Irland.«

»Und du, Bernd?«

»Was glaubt ihr denn?« Er hielt ein großformatiges Buch hoch. »Ein Buch über ökologischen Anbau. Ellen wird sich freuen.«

»Dann wollen wir mal los« drängte Adrian. »Ich habe nämlich einen anständigen Hunger.«

Hinrich und Tjark waren schon dabei, die Holzkohle zu erhitzen, als sie zurückkehrten. Netti befestigte gerade zwei Lampions an den Verstrebungen der beiden Sonnenschirme, wobei Hinrich sich die Bemerkung, *das sei doch alles Tüttelkram* nicht verkneifen konnte. Mit einem zufriedenen Grinsen montierte Netti noch einen dritten Lampion.

Ellen saß einsilbig am Rande und strickte. Sie legte das Buch, welches ihr ihr Ehemann überreicht hatte, achtlos zur Seite.

Der arme Bernd, dachte Janneke, der wird sich sicher heute noch eine Gardinenpredigt anhören müssen, weil er so lange weg war.

»Die Steaks waren wieder köstlich«, verkündete Hinrich später und die Herren genehmigten sich ein paar Kräuterschnäpse zur Verdauung. Der Stellplatzbetreiber Franz Teerling hatte sich ebenfalls dazugesellt und einen Kasten *Ostfriesen Bräu* mitgebracht. Das regionale Bier mit dem Bügelverschluss fand großen Anklang. Am späteren Abend, eine Familie aus dem Ruhrpott war mit ihren Campingstühlen dazugekommen, holte Bernd wieder seine Gitarre hervor und stimmte Seemannslieder an, wobei fast alle nur den Text der ersten Strophe kannten.

Das ist Lagerfeuerromantik pur, notierte sich Janneke im Kopf, das musste sie unbedingt in einem ihrer nächsten Manuskripte einbauen.

Gegen Mitternacht bugsierte sie den leicht angeschlagenen Hinrich in seine Koje. Er hatte den Kopf kaum auf sein Kissen gelegt, da schnarchte er schon.

Janneke machte es sich gemütlich, holte Danielas Tagebuch hervor und versank in den Aufzeichnungen der Verstorbenen.

5. Kapitel

Mai 2018. Liebes Tagebuch, auf der Fahrt nach Neßmersiel begleitete mich wieder Kalle. Dankbar habe ich sein Angebot angenommen. Franz setzte sich zu Trudi in das Wohnmobil. Er müsse sowieso in Neßmersiel nach dem Rechten sehen und da könne er ja gleich mitfahren. Trudi überließ ihm daraufhin das Steuer und setzte sich, mit einem Kreuzworträtsel bewaffnet neben ihn.

Frederik schrieb mir eine Textnachricht und wollte wissen, wo ich gerade bin. Ich schrieb nur *Neßmersiel* mit drei Ausrufezeichen. Er antwortete, dass er mich unbedingt sehen müsse. Sofort schaltete ich mein Handy aus und verstaute es ganz unten in meiner Tasche.

Kalle organisierte unsere Plätze, wobei ich den Eindruck hatte, dass es ihm sehr gelegen kam, dass sein eigenes Wohnmobil neben meinem parkte. Wieso, sollte ich in der darauffolgenden Nacht erfahren.

Etwas riss mich aus dem Tiefschlaf. »Du solltest deine Tür lieber zuschließen, mein Engel«, säuselte jemand direkt neben meinem Ohr. Ich schrak auf und blickte in Kalles breites Gesicht, das nur wenige Zentimeter von meinem entfernt war.

»Was willst du denn hier?«, schrie ich und wich zurück.

»Wir sollten uns mal unterhalten.« Unaufgefordert setzte er sich auf meinen Bettrand.

»Hoffentlich kommt gleich deine Frau und zerrt dich wieder in deine Höhle.« Das hatte mir gerade noch gefehlt. Den einen Kerl war ich los und nun saß so ein ungehobelter Klotz auf meinem Bettrand und starrte mich an. »Jetzt verschwinde endlich. Ich muss mal aufs Klo.«

»Ich kann ja warten, bis zu wiederkommst.«

So kräftig, wie ich konnte, schlug ich auf seinen Unterarm, aber durch den vielen Speck kam sicher kein Schmerz bei seinen Nerven an, denn er reagierte überhaupt nicht.

Beherzt sprang ich aus meinem Bett, lief in die kleine Toilette und schob die leichte Falttür zu. In der Hoffnung, er würde sich verziehen, saß ich auf dem Toilettendeckel und wartete ab. Angestrengt lauschte ich nach draußen, hörte aber nichts. Vorsichtig öffnete ich die Tür einen Spalt und erblickte Kalle, der immer noch ungerührt auf meiner Bettkante saß und an die Decke starrte.

Wütend wie ich war, stürzte ich auf ihn zu und gab ihm eine schallende Ohrfeige. Wahrscheinlich war er total von meinem Angriff überrascht, denn er sprang auf, hielt sich die Wange und stolperte wortlos zur Tür hinaus. Den Schlüssel drehte ich zweimal herum und legt mich mit klopfendem Herzen wieder hin.

Ich glaube, es ist besser, ich fahre wieder nach Hause.

***

Mit langsamen, kreisenden Bewegungen massierte Netti ihre Schläfen mit Pfefferminzöl. Die Kopfschmerzen waren wieder unerträglich. Das kam sicher von dem Zigarettenrauch, dem sie bei den täglichen Grillabenden ausgesetzt war. Aber nichtsdestotrotz wollte sie diese Tage mit den inzwischen vertrauten Menschen nicht mehr missen. Gut, sie hatte zu Hause in Aurich auch Freunde und Bekannte und unternahm viel, aber so auf Tour war das doch etwas anderes. Besser gesagt, alle benahmen sich sicher anders als zu Hause, lockerer, geselliger, fern von den Sorgen des Alltags.

Vorsichtig füllte sie ein wenig Wasser aus dem Kanister in ihren alten Wasserkessel und entzündete die Gasflamme auf dem schon angerosteten 2-Platten-Herd. Sie sah sich um. Ihr bescheidenes Wohnmobil hatte schon ein paar Jahre auf dem Buckel. In der Schulfreien war die ehemalige Lehrerin für Französisch und Geschichte immer unterwegs gewesen. Bis Ägypten hatte sie das Vehikel gebracht. Und nach ihrer Pensionierung hatte sie die skandinavischen Länder bereist. Ein Treppensturz vor ein paar Jahren hatte sie dann jedoch in ihre Schranken gewiesen. So war sie bei dieser buntgemischten Truppe gelandet. Wenn sie jemand fragen würde, wer ihr der liebste Mitreisende wäre, würde sie ohne zu zögern Trudi benennen. Eine warmherzige Frau, die allen und jedem behilflich war und immer mit Rat und Tat zur Seite stand. Ihr Mann hatte so eine in sich ruhende Frau überhaupt nicht verdient. Kalle schielte jedem Weiberrock hinterher und bemühte sich noch nicht einmal, dies zu verbergen.

Netti übergoss einen Beutel Hagebuttentee mit kochendem Wasser, holte die Schachtel mit den Butterkeksen aus dem Schrank und machte es sich auf der abgenutzten braunen Polsterbank gemütlich.

Ja Kalle, ein Schwerenöter im Kostüm eines Clowns. Sogar die junge Daniela hatte er bedrängt. Netti hatte bis jetzt mit niemandem darüber gesprochen, aber in einer der warmen Nächte während der vorjährigen Reise, sie hatte wieder mal nicht schlafen können, hatte sie beobachtet, wie Kalle sein Wohnmobil verlassen und vorsichtig die nicht verschlossene Tür von Danielas Behausung geöffnet hatte.

Die ältere Frau hatte sich damals sehr gewundert, dass Trudi nicht auf der Bildfläche erschien, um ihren Göttergatten in die Schranken zu weisen. Es waren ungefähr zehn Minuten vergangen, als Kalle, sichtlich aufgebracht, das Wohnmobil der jungen Frau wieder verließ.

Wieso Trudi nicht aufgetaucht war, erfuhr Netti am nächsten Morgen. »Mir ist dermaßen schlecht«, stöhnte Kalles Ehefrau. »Genauso übel war es mir, als ich aus Versehen mal zwei Schlaftabletten eingenommen hatte.«

»Und hast du gestern auch was eingenommen?«, fragte Netti neugierig nach.

»Nein, das nicht«, stöhnte Trudi. »Aber jetzt, wo du das sagst, fällt es mir ein. Ich habe geschlafen, als hätte mich jemand mit Narkose eine Weile ins Jenseits geschickt.«

Netti war felsenfest davon überzeugt, dass Kalle Trudi irgendetwas verabreicht hatte, um ungestört seinen nächtlichen Vorhaben nachgehen zu können.

Die ehemalige Lehrerin wurde innerlich sehr wütend, wenn sie daran dachte, dass Kalle jetzt mehr oder weniger auffällig die Nähe Lottas suchte. Da konnte man nur mit dem Kopf schütteln, dachte sie. Hatte er eigentlich auch Antje hinterhergeschielt? Auch wenn sie sich noch so sehr den Kopf zermarterte, konnte sie sich nicht daran erinnern, ob es jemals zwischen Antje und Kalle zu Begegnungen gekommen war, die manche Menschen als unschicklich bezeichnen würden.

Netti stellte ihre leere Tasse in die abgestoßene Emailschüssel und legte sich ins Bett. Sie starrte an die Decke, auf der sich wieder ein neuer hässlicher Wasserfleck gebildet hatte. Auch das hier wird eines Tages vorbei sein, stellte sie frustriert fest, aber bis dahin gab es sicher noch einige schöne Tage mit ihren Freunden.

***

Bewegungslos saß Bernd Vermeer am Tisch in seinem Wohnmobil und beobachtete Ellen, die, wie ein Baby zusammengerollt, fest schlief. Das sind wahrscheinlich die Medikamente, die sie so müde machen, überlegte er und dachte an die junge, fröhliche Ellen, die er damals kennengelernt hatte.

Jetzt war sein Leben ein einziges dunkles Loch, in das ihn seine Frau mit hineingezogen hatte.

Er wollte ihr keine Vorwürfe machen, denn sie konnte ja nichts für ihren Zustand. Die Totgeburt ihres so lang ersehnten Kindes hatte seine Frau in ihren Grundfesten erschüttert. Seine Hoffnung, Ellen würde mit der Zeit darüber hinwegkommen, hatte sich in Luft ausgelöst. Stattdessen klammerte sie sich an ihn, sodass er oft das Gefühl hatte, ersticken zu müssen.

Zweifel kamen in ihm auf, ob diese negativen Vorfälle, die sich hier in Neßmersiel ereignet hatten, gut für seine gemütskranke Frau waren. Sie war in den letzten Tagen auffallend nervös und fahrig gewesen. Er selbst hatte die Tage mit den Reisegefährten immer sehr genossen, Ellen hingegen wurde immer sprachloser und unausgeglichener. Eventuell wäre es doch besser, wenn sie nach Hause fahren und den Rest des Urlaubs in ihrem Haus in Emden verbringen würden? Bernd strich seiner schlafenden Frau über den Kopf und beschloss, eine Nacht darüber zu schlafen.

6. Kapitel

»Also, dem Kerl werde ich mal was erzählen«, brummte Hinrich am nächsten Morgen und zeigte auf das total verrostete Scharnier der Toilettentür. »Ich werde Erwin zum Geburtstag ein Kännchen Öl schenken. Man getraut sich ja noch nicht mal, nachts pinkeln zu gehen. Die Tür gibt Geräusche von sich, als würde man in einem englischen Schloss wohnen.«

Janneke stellte ihre Kaffeetasse ab. »Ich habe nichts gehört.«

»Na, deinen Schlaf möchte ich haben.« Hinrich kippte eine ordentliche Portion Salatöl auf einen Lappen und massierte das Scharnier. Janneke dachte an die gutmütige Trudi und deren Ehemann Kalle. Nie hätte sie gedacht, dass der wohlbeleibte Kerl so dreist war und Daniela nachts dermaßen bedrängt hatte. Die Polizei hatte ihm sicher nach Danielas Tod ordentlich auf den Zahn gefühlt, aber solch ein ungebührliches Verhalten war ja nicht strafbar.«

Es klopfte zaghaft an die Tür des Wohnmobils. Janneke öffnete die schmale Tür und sah sich Trudi gegenüber, die sichtlich verstört wirkte.

»Moin Trudi, ist was passiert?« Janneke machte eine einladende Bewegung.

»Moin ihr zwei«, sagte Trudi und blieb abwartend stehen.

Hinrich verstaute gerade einen Schraubenzieher in seinem kleinen Werkzeugkasten. »Lasst euch nicht stören. Ihr habt sicher wieder Weiberkram zu bereden, das ist sowieso nix für mich. Ich will noch mit Luuk an seiner Anhängerkupplung basteln.« Er nahm seinen Hut und verließ das Wohnmobil.

»Er hätte wegen mir nicht gehen müssen«, meinte Trudi und trat ein.

»Hinrich ist ein Unruhegeist, er muss immer was um die Ohren haben.« Janneke lächelte. »Komm, setz dich.«

Sie folgte Trudis Blick zu Danielas Tagebuch, welches noch neben ihrem Kopfkissen lag.

»So ein Buch hatte ich auch mal«, bemerkte Trudi mit einer Kopfbewegung. »Bei irgendjemand habe ich es ebenfalls gesehen, aber ich weiß nicht mehr wo.«

Schnell nahm Janneke das Buch und packte es in ihre Handtasche. Sie wollte auf keinen Fall, dass es jemandem in die Hände fiel. »Ja, ich schreibe mir hin und wieder mal ein paar Ideen auf, die ich für meinen Beruf brauche.«

Schwerfällig nahm Trudi Platz und verschränkte die Hände.

»Ist was passiert?«, fragte Janneke, der die Anspannung der Frau nicht entgangen war. Hoffentlich hat Kalle keine Dummheiten gemacht, dachte sie, denn das hatte Trudi nicht verdient.

»Ich weiß nicht, ob was passiert ist, aber Lotta ist weg.«

»Wie weg? Ist sie vielleicht spazieren gegangen? Das macht sie doch gerne, aber auch schon vor dem Frühstück?«

»Nein, Tjark ist gestern vor Lotta ins Bett gegangen. Sie hat zu ihm gesagt, dass sie noch eine Runde dreht. Sie kann dann besser schlafen. Außerdem hat sie Schwierigkeiten mit der Durchblutung in ihren Beinen, deshalb ist sie oft unterwegs.«

»Und was ist dann geschehen?« Janneke hatte sich ebenfalls gesetzt und sah ihr Gegenüber gespannt an.

»Normalerweise ist das so«, fuhr Trudi fort, »dass Tjark gar nicht mitbekommt, wenn Lotta von ihrem Abendspaziergang zurückkommt. Er schläft dann tief und fest.«

»Und sie ist nicht zurückgekommen?« Janneke wurde ganz flau im Magen. Was war denn hier nur los?

Trudi schüttelte den Kopf. »Ihr Bett war unberührt, ihr Nachthemd hing noch in der Toilette am Haken, wo sie es am Morgen hingehangen hatte.«

Janneke sprang auf. »Hat jemand die Polizei benachrichtigt?«

»Ja, Tjark und Adrian sind zur Polizei nach Dornum gefahren, nachdem sie vergeblich nach Lotta gesucht haben.«

»Komm Trudi, wir gehen jetzt zu den anderen«, forderte Janneke ihre Besucherin auf. »Vielleicht können wir etwas tun.«

Netti saß vor ihrem nostalgischen Ferienhaus auf Rädern. Auf dem Campingtisch standen eine Kanne Tee und ein paar Teetassen. »Ich habe Tee gemacht, wenn jemand möchte?«

Kalle und Hinrich unterhielten sich leise. »Wir werden mal den ganzen Stellplatz absuchen«, meinte Hinrich nach einer Weile. »Es kann ja sein, dass Lotta gestürzt ist und keine Hilfe holen konnte.«

»Obwohl das unwahrscheinlich ist«, wandte Kalle ein. »Hier ist alles sehr übersichtlich und überall sind Feriengäste.«

»Egal, wir müssen doch irgendetwas tun«, argumentierte Hinrich Hoogestraat und lief los. Kalle zuckte mit den Schultern, folgte ihm aber dann.

»Wo sind denn Luuk und Bernd?« Janneke sah sich um und konnte die beiden nirgends erblicken.

»Sie sind zum Haus und durchsuchen mit Franz die Duschen, die Sauna und das Schwimmbad«, teilte Netti ihr mit.«

Janneke und Trudi setzten sich zu Netti und gossen sich eine Tasse Tee ein. »Und Ellen, ist die mitgegangen?«

Netti sah zu Bernds und Ellens Wohnmobil. »Sie ist da drin. Bernd hat gesagt, ihr geht es nicht gut.«

»Wir können ja mal nach ihr sehen«, schlug Trudi vor.

»Ich glaube, es ist besser, wir lassen sie in Ruhe«, meinte Netti. »Vielleicht hat sie ja von der ganzen Aufregung noch nichts mitbekommen, das wäre auch besser so, so angeschlagen, wie sie ist.«

»Hoffentlich ist Lotta nichts passiert«, flüsterte Trudi.

Janneke sagte gar nichts und betete innerlich, dass kein weiteres Unglück geschehen war.

***

Pünktlich wie jeden Morgen verließ die neunundsechzigjährige Franziska Sievers ihr Haus in der Entengasse, schloss sorgfältig ab und lief über die Strandstraße zum Neßmersieler Hundestrand. Mit ihrem Pudel Hinni an der

Leine genoss sie die frische Morgenluft und die Ruhe, die sich morgens um kurz vor sieben Uhr in dem Küstenbadeort bot.

Sie mochte den Trubel nicht. Das war auch der Grund, warum sie Baltrum vor ein paar Jahren verlassen hatte. Die vielen Sommergäste hatten sie nervös gemacht und sie davon abgehalten, in Ruhe ihrem Hobby, dem Briefmarkensammeln, nachzugehen. Ein weiterer Grund war ihr angegriffenes Herz, das es hin und wieder erforderlich machte, ein paar Tage im Krankenhaus zu verbringen. Dies ließ sich auf dem Festland sehr viel besser bewerkstelligen.

»Hinni, mach nicht so schnell«, ermahnte sie den an der Leine zerrenden Pudel. »Der Strand läuft uns nicht weg.«

Wie an jedem Tag nahm sie den kürzesten Weg über den Westerdeich. Am Fuße der Betontreppe, die auf die Deichkrone führte, blieb sie kurz stehen, ehe sie langsam, Stufe für Stufe, nach oben stieg. Oben angekommen verschnaufte sie kurz. »Herrlich«, seufzte sie zufrieden und ließ ihren Blick schweifen, der schließlich an etwas hängen blieb. Am Fuß der Treppe auf der anderen Seite des Deiches lag jemand. Franziska stieg eilig hinab und beugte sich zu der am Boden liegenden Gestalt hinunter. »Hallo? Sind Sie gestürzt? Sagen Sie doch etwas.«

Es war eine Frau, die mühsam ihre blutunterlaufenen Augen öffnete. Ihre Haare waren blutverschmiert, die Kleidung schmutzig und voller Blut.

Auch wenn die Verletzte das Wort *Hilfe* nur mühsam lautlos artikulierte, wusste Frau Sievers sofort, was zu tun war.

7. Kapitel

Mai 2018. Liebes Tagebuch, am Morgen hat Trudi an meine Tür, die ich jetzt immer sehr sorgfältig verschließe, geklopft. »Moin Daniela, wir machen eine Wattwanderung. Kommst du mit?« Ihr Blick war auf meine Reisetasche gefallen, die geöffnet auf dem Bett stand.» Kindchen, willst du weg?«

Ich merkte, wie ich rot wurde. Alle hatten sich so lieb um mich gekümmert und mich in ihre Reihen aufgenommen. Konnte ich da einfach verduften?

»Nein, ich wollte nur was aussortieren«, sagte ich schließlich ausweichend. »Wann wollt ihr los?«

»In einer Stunde.«

»In Ordnung«, antwortete ich. »Ich bin pünktlich draußen.«

Mein Handy kündigte mir eine Textnachricht an. Es war Frederik. Er machte es dringend. *Wir müssen uns unbedingt sehen*, schrieb er.

Der kann mir gestohlen bleiben. Ich schaltete das Telefon komplett aus und deponierte es ganz unten in meiner Reisetasche. Jetzt konnte er schreiben, so viel er wollte, mir war das egal.

»Muss ich Gummistiefel mitnehmen?«, erkundigte ich mich bei meinen Reisebegleitern, die draußen auf mich warteten.

»Nee«, meinte Lotta. »Das ist doch das Schöne, wenn das Watt so zwischen den Zehen hervorquillt.«

»Ich weiß nicht«, wandte Ellen ein und verzog das Gesicht. »Ich finde das eklig. Da sind doch jede Menge Viecher in dem Matsch.« Sie hielt ihre geblümten Gummistiefel hoch. »Ich nehme lieber die da.«

Auf dem Weg zum Strand gesellte sich Bernd zu mir. »Hattest du von Anfang an vor, alleine zu reisen? Das wollte ich dich schon die ganze Zeit fragen.«

Ich schüttelte den Kopf. »Nein, mein Freund hat mich sozusagen sitzenlassen. Ich dachte, du hättest das mitbekommen.«

»Nein, ich habe zwar am Rande etwas gehört, aber nichts Genaues. Ganz schön mutig von dir. Ellen würde das nie machen.«

»Du würdest deine Frau ja auch nicht alleine lassen, oder?« Ich sah mich kurz um. Ellen lief zwischen Kalle und Trudi.

»Nein, niemals. Ellen kommt alleine nicht so gut zurecht.« Er zögerte etwas. »Sie hatte vor zehn Jahren eine Frühgeburt. Das Kind kam tot zur Welt und sie ist danach in tiefe Depressionen gefallen.«

»Das tut mir leid.« Das muss schrecklich gewesen sein, dachte ich. Da musste ich mit meinem Mini-Problem, nicht den richtigen Mann für ein Kind zu haben, ganz still sein. »Aber inzwischen geht es ihr besser?«

»Ja, auf alle Fälle«, lächelte er. »Ich bin heilfroh. Nein, ich muss ganz zufrieden sein.«

»Das muss wirklich schlimm für dich sein. Schön, dass du so zu ihr ...« Ich hatte nicht auf den Gehweg geachtet. Ein rot-weißes Absperrband, welches um einen offenen Gully gespannt war, hatte sich auf einer Seite gelöst und war mir zwischen meine Beine geraten. Ehe ich komplett auf den Boden fiel, hielt mich Bernd am Arm fest und zog mich nach oben. »Danke«, stammelte ich. »Das ging ja noch mal gut.«

Während der Wattwanderung musste ich dauernd an Bernds Worte denken. Wenn man Ellen so beobachtete, ahnte man nichts von ihrer wackeligen Psyche.

Ich musste mich zwingen, an etwas anderes zu denken, denn schließlich wollte ich ein bisschen das Gefühl haben, im Urlaub zu sein.

Fasziniert beobachtete ich den Wattführer, wie er mit einer Grabegabel ins Watt stach und ein paar Wattwürmer an die Oberfläche beförderte. Er erklärte uns, dass jede Menge Lebewesen im Schlick zu Hause waren und warum es dieser einzigartige Lebensraum wert war, als Weltkulturerbe ausgezeichnet zu werden.

Am Abend wurde wieder gegrillt. Franz Teerling setzte sich neben mich, sprach mich dauernd an und schlug mir vor, mit ihm in eine Stranddisko zu verschwinden. Erst hatte ich noch freundlich geantwortet, dann aber setzte ich mich zu Netti.

An diesem Abend ging ich früh ins Bett. Irgendwie wollte ich nach Hause. Die Auseinandersetzung mit Frederik ging mir dauernd im Kopf rum. Ich nahm mir vor, morgen früh auf meinem Telefon nachzusehen, wie oft er versucht hatte, mich zu erreichen.

Schon im Halbschlaf hörte ich ein leises Klopfen an der Tür. Was sollte ich machen, wenn wieder Kalle vor der Tür stand? Ein solches Drama wollte ich nicht noch einmal erleben.

»Wer ist denn da?«, rief ich, hinter der Tür stehend.

»Ich bin es, Frederik, mach mal auf.«

Ich erkannte seine Stimme und riss wütend die Tür auf. »Hast du einen Knall? Ich war schon im Bett.«

»Dein Telefon ist kaputt.«

»Nein, es ist nur abgeschaltet.«

»Kann ich mich setzen?«, fragte er und saß auch schon.

»Was willst du?« Ich schlüpfte in meinen Kapuzenpulli. »Es ist spät und ich bin müde.«

»Warum bist du so abweisend?«

Erst jetzt bemerkte ich, dass er blonde Strähnchen im Haar hatte. »Was willst du?«

»Wir sollten uns mal ... ach, was solls«, unterbrach er sich selbst. Er sprang auf, ging auf die Knie und ließ vor mir ein rotes Samtkästchen aufschnappen. Mit großen Augen starrte ich auf den Brillantring, der, auf blauem Samt liegend, offensichtlich darauf wartete, an meinen Ringfinger zu wandern.

»Jetzt aber ... Frederik, wieso machst du so einen Quatsch?«

Er war sichtlich enttäuscht. Er war es eben nicht gewohnt, dass er nicht das bekam, was er wollte. Dann wurde es Zeit, dass er es lernte. »Ich bitte dich, jetzt zu gehen und das Ding da«, ich zeigte auf das Schmuckstück, »nimmst du wieder mit. Vielleicht findest du eine Frau, die ihn gerne annimmt. Ich jedenfalls nicht.«

Auf seiner Stirn bildeten sich zwei Zornesfalten. Ich kannte das. Er war stinksauer. »Gut, wie du willst«, teilte er mir mit eisiger Stimme mit, erhob sich und verließ das Wohnmobil, welches er gemietet und bezahlt hatte.

Zufrieden mit meinem konsequenten Verhalten schlief ich sofort ein, nachdem ich die Tür wieder abgeschlossen hatte.

8. Kapitel

»Es tut mir leid, Herr de Wall, im Moment wird Ihre Frau noch operiert. Erst danach kann ich Ihnen Genaueres sagen.« Doktor Bärenfänger wirkte gehetzt, bemühte sich aber, dem völlig irritierten Tjark eine zufriedenstellende Auskunft zu geben. »Sie können sich gerne vorne in unseren Wartebereich setzen. Sobald ich etwas weiß, komme ich zu Ihnen.« Der Mediziner hatte trotz langer Berufstätigkeit das Mitgefühl mit den sich sorgenden Angehörigen nicht verloren.

»Komm, Tjark«, schlug Adrian vor. »Wir setzen uns da vorne hin und warten einfach ab.« Er zog ihn in den Wartebereich und schob ihn auf einen der mit Kunstleder bezogenen Stühle im Foyer der Ubbo-Emmius-Klinik in Norden.

Aus einem Automaten holte Adrian zwei Becher Kaffee und reichte einen dem nervösen Tjark, der ihn mit zitternden Händen entgegennahm.

»Zum Glück konntest du deinen Bulli flottmachen«, meinte er etwas ruhiger, nachdem er die Hälfte des Kaffees getrunken hatte. »Mit dem Wohnmobil wäre ich nicht so schnell hier gewesen.«

»Das ist doch selbstverständlich«, antwortete Adrian. »Ging Lotta immer an dieser Stelle spazieren?«

»Wenn wir in Neßmersiel waren, lief sie immer dort entlang. Sie hat ihre Lieblingsstellen, egal, wo wir Station machen.«

»Dann müsste sie die Treppe, die über den Deich führt, ja eigentlich kennen«, überlegte Adrian, zerknüllte seinen leeren Becher und beförderte ihn mit einem gezielten Wurf in den Papierkorb. »Aber vielleicht ist sie über etwas gestolpert?«

Tjark nickte. »Kann sein, sie hat es immer eilig. Ich habe ihr schon gesagt, dass ich das gar nicht so gut finde, dass sie spät am Abend alleine unterwegs ist. Früh morgens sind doch einige Leute unterwegs, aber wenn es anfängt zu dämmern ...? Aber du weißt ja, Weiber ...!«, sagte er mit einem leichten Anflug von Sarkasmus.

»Zum Glück hat die Frau sie ja gefunden.« Adrian streckte seine langen Beine von sich. »Nimmt sie nie ein Handy mit? Wäre ja sinnvoll. Dann hätte sie dich anrufen können.«

»Wem sagst du das, aber nicht immer konnte ich sie davon überzeugen, ihr Telefon mitzunehmen. Weißt du, was sie gesagt hat? *Es könnte ja sein, dass irgendjemand anruft und sie in ihrem stillen Spaziergang stören würde.*«

Adrian nickte. »Stimmt. Einerseits ist es ein Vorteil, wenn man jederzeit telefonieren kann, aber andererseits kann so ein mobiles Telefon auch nerven, wenn es im unpassenden Moment klingelt.«

»Ja«, seufzte Tjark, »du bringst es auf den Punkt.« Schweigend sahen die beiden Männer den Patienten nach, die langsam, manche zum Teil mit Infusionsflaschen an fahrbaren Ständern im Schlepptau, durch die Gänge liefen.

»Das dauert aber auch«, stöhnte Lottas Ehemann. »Das macht mich noch ganz verrückt. Eigentlich habe ich das kommen sehen, das musste ja mal passieren.«

»Ich glaube, da kommt der Doktor wieder«, machte Adrian ihn aufmerksam und wies mit einer leichten Kopfbewegung zu Doktor Bärenfänger, der auf sie zukam.

»Die Operation ist vorbei und Ihrer Frau geht es den Umständen entsprechend gut.«

»Und was heißt das?«, wollte Tjark wissen, der mit dieser Aussage absolut nichts anfangen konnte.

»Am besten wir gehen ins Arztzimmer, dort kann ich Ihnen alles in Ruhe erklären«, schlug der Mediziner vor.

»Adrian, kommst du mit? Vier Ohren hören besser als zwei.«

Adrian nickte und folgte Doktor Bärenfänger und Tjark in ein Sprechzimmer, wo die beiden vor dem Schreibtisch des Arztes Platz nahmen.

»Vorweg eine Frage, nimmt Ihre Frau blutverdünnende Medikamente ein?«

»Ja«, antwortete Tjark, »Lotta hatte schon mehrfach Thrombosen in den Beinen, deshalb ist sie darauf angewiesen, ihr Blut zu verdünnen.«

Der Doktor nickte. »Das erklärt die massiven Einblutungen. Unser Labor hat den niedrigen Gerinnungswert eben bestätigt und wir konnten gezielt gegensteuern.«

»Und was heißt das jetzt?«

»Es ist also so: Wir haben Ihre Frau in ein künstliches Koma versetzt. Die Verletzungen sind so gravierend, da ist es besser, die Patientin hat absolute Ruhe. «

»Und die Verletzungen?«

»Ihre Frau hat beide Hände mehrfach gebrochen. Wir nennen das einen Handtrümmerbruch. Dies ist wahrscheinlich geschehen, als sie nach vorne fiel und sich abstützen wollte.« Der Arzt machte eine kurze Pause. Er sah Tjarks Gesicht an, dass dieser eine Weile brauchte, um das Gesagte zu verstehen.

»Wir haben das bereits operativ gerichtet. Bei komplizierten Brüchen«, fuhr er anschließend fort, »müssen die Teile der gebrochenen Handknochen wieder an Ort und Stelle gebracht werden und mit Platten und Schrauben fixiert werden.«

Tjark schluckte. »Aber das heilt wieder?«

»Ja, aber es dauert eine Weile. Und später ist dann eine langwierige Behandlung durch Krankengymnastik notwendig.«

Adrian hatte genau zugehört. Er sah an Doktor Bärenfängers Miene, dass das nicht alles war.

»Die andere schwerwiegende Verletzung«, fuhr der Mediziner fort, »neben einem Beinbruch und diversen Hautabschürfungen, ist der verletzte Kehlkopf Ihrer Frau.«

»Was ist das?« Tjark wirkte immer unruhiger.

»Wir nehmen an, dass Ihre Frau mit dem Hals auf das Metallgeländer an der Treppe aufgeschlagen ist. Der Kehlkopf und die Luftröhre sind durch den Sturz gegen die Halswirbelsäule gepresst worden. Dadurch wurde der Kehlkopf verletzt und wir mussten eine Trachealkanüle einsetzen, damit die Patientin wieder ausreichend Luft bekommt, da durch die Einblutungen und Schwellungen ein normales Atmen schlecht möglich ist. Es ist wirklich ein Wunder, dass sie die Nacht überlebt hat.«

»Eine was ...?« Schweißperlen rannen an Tjarks Schläfe herunter. Nervös knetete er seine Hände.

»Das ist ein Röhrchen, welches man direkt hier«, der Arzt zeigt vorne auf die Mitte seines Halses. »Das man hier direkt in die Luftröhre einfügt, damit Sauerstoff ungehindert in den Körper kommt. Landläufig wird dieser Eingriff als Luftröhrenschnitt bezeichnet.«

»Ja, aber wieso ...?«

Adrian legte beruhigend seine Hand auf Tjarks Arm und sah den Mediziner an. »Frau de Wall kann im Moment nicht sprechen, stimmt das?«

Der Arzt nickte. »Auch wenn wir das künstliche Koma langsam zurückfahren, ist es ihr nicht möglich, zu reden. Man muss abwarten, bis alles wieder abgeheilt ist.«

»Siehst du, Tjark, es kommt alles wieder in Ordnung«, tröstete Adrian Lottas Mann.

»Vielen Dank«, nickte Tjark. »Kann ich jetzt zu meiner Frau?«

»Ja, sie können gleich zur Intensivstation gehen, aber da ist noch etwas.« Adrian und Tjark befürchteten beide, dass das Schlimmste noch kommen würde.

»Wir haben die starke Vermutung, dass Ihre Frau nicht durch einen Unglücksfall die Treppe hinuntergestürzt ist. Vieles weist darauf hin, dass sie jemand gestoßen hat. Wir haben bereits die Polizei verständigt.«

***

Kommissar Sören Blum ließ die Fotos, die Doktor Bärenfänger soeben ausgedruckt hatte, sinken und sah den Arzt an. »In der Tat, ein sehr merkwürdiger Fall«, nuschelte er mit leiser Stimme und strich sich seine glatt anliegenden Haare noch enger an den Kopf. »Fassen wir noch einmal zusammen. Ihre Patientin ist also heute Morgen am Fuße des Westerdeichs schwer verletzt aufgefunden worden?«

»Das ist korrekt«, bestätigte der Arzt. »Die Verletzungen lassen den Schluss zu, dass Frau de Wall vornüber nach unten gestürzt ist und mit ihrem Hals auf das Metallgeländer, wie soll ich sagen ... aufgeprallt ist. Wenn ich mir vorstelle, dass eine Treppe über den Deich mindestens fünfzehn Stufen hat und sie von oben gestürzt ist, muss sie mit einer ungeheuren Wucht auf das Geländer aufgeschlagen sein.«

»Und die Knochen der Hände sind durch ein mögliches Abstützen mehrfach gebrochen worden?« Der Kommissar notierte sich akribisch alle Einzelheiten auf einem Block.

»Ja, wenn man bedenkt, dass die menschliche Hand aus über zwanzig verschiedenen Knochen besteht, dann können Sie sich ja vorstellen, wie schwierig das war, alles operativ wieder so einzurichten, dass die Patientin ihre Hände später wieder gebrauchen kann.«

»Ah ja« Blum strich sich noch einmal mit der flachen Hand an der Schläfe entlang. »Soweit habe ich das verinnerlicht, kommen wir also zu dem eigentlichen verdächtigen Befund.« Er zeigte auf die auf dem Schreibtisch liegenden Ausdrucke. »Sie haben ja geistesgegenwärtig alles dokumentiert, während Sie die Patientin versorgt haben. Jetzt wäre das sicherlich nicht mehr möglich?«

»Nein, im Moment braucht Frau de Wall absolute Ruhe.« Der Arzt nahm eines der Bilder hoch. »Sehen Sie hier, dies ist der Rücken der Patientin. Alle Verletzungen befinden sich vorne am Körper, nur dieser große Bluterguss prangt mitten auf dem Rücken, ansonsten gibt es auf der Rückseite keine Hautabschürfung oder Ähnliches.«

Blum rückte seine Brille zurecht. »Ja, ich sehe es. Wenn sich der sogenannte Unfall so abgespielt hätte, wie Sie mir das eben geschildert haben, müsste sie am Rücken unverletzt sein?«

Doktor Bärenfänger nickte. »Durch die Einnahme der blutverdünnenden Medikamente ist das Hämatom extrem stark ausgebildet.« Der Mediziner hielt kurz inne. »Also, wenn Sie mich fragen, sieht das so aus, als hätte jemand nach ihr getreten. Sehen Sie?« Er umkreiste mit seinem Kugelschreiber den ovalen Bluterguss auf dem Foto. »Für mich ist das ein Fußabdruck.«

»Immerhin«, nickte Blum. »Der Verdacht liegt nahe, aber kann es sich nicht doch um eine Verletzung durch den Sturz handeln?«

»Dann müsste ja etwas Schweres von hinten auf sie drauf gefallen sein.« Bärenfänger griff nach einem anderen Blatt. »Da ist noch etwas. Am linken Arm haben wir noch diese Blutergüsse gefunden. Sehen Sie die vier gleich großen Einblutungen an der hinteren Seite des Arms?« Er hielt dem Kommissar das Blatt hin. »Und auf der gegenüberliegenden Seite, also vorne, gibt es noch eine einzelne Einblutung. Das sind Abdrücke einer Hand. Die Person muss Frau de Wall kräftig angefasst haben.«

»Das bedeutet, dass jemand sie von Angesicht zu Angesicht festgehalten und dann, als sie sich abgewandt hatte, mit einem Tritt die Treppe heruntergestoßen hat«, stellte Blum fest. »Dann besteht ja durchaus die Möglichkeit, dass Frau de Wall uns eine Personenbeschreibung geben kann. Ist der Ehemann noch hier im Haus?«

»Ja, er wartet draußen«, informierte der Arzt den Ermittler. »Es wäre gut, wenn Sie jetzt mit ihm sprechen.«

Kommissar Blum nickte wortlos, verfrachtete seinen Kugelschreiber und Notizblock in die Brusttasche seiner Jacke und verließ nach einem kurzen Nicken das Arztzimmer.

***

»Gut, dass Lotta Bernds Visitenkarte in der Hosentasche hatte«, meinte Janneke und strich sich etwas Himbeermarmelade auf ihr Brötchen. »Sonst würden wir immer noch hier sitzen und wüssten nicht, wo sie geblieben ist.«

Hinrich stach mit der Messerspitze in ein Stück Leberwurst in einem Plastikdarm, die sofort aufplatzte und sich auf dem Tisch verteilte. »So ein Schweinkram. Gibt es denn sowas nicht mehr in Gläsern, so wie früher?«

Er sprang auf, nahm ein Blatt von einer Küchenrolle und wischte über den Tisch. »Hast du mit Tjark oder Adrian schon gesprochen? Die zwei sind ja erst spät zurückgekommen.«

Janneke zuckte mit den Schultern. »Nein, ich habe sie nicht mehr gesehen. Irgendwie war das alles sehr traurig gestern Abend. Alle haben dagesessen und waren durcheinander. Die arme Lotta, so schwer verletzt. Hoffentlich wird sie bald wieder gesund.«

»Ja, ich weiß, sogar Kalle hat auf seinen Schnaps verzichtet.«

Langsam ließ Janneke ihr Messer sinken. »Gibt es wirklich Menschen, die das Unglück einfach anziehen?«

»Klar, denk doch an Jan. Wo der hinpackt, wächst kein Gras mehr«, flachste Hinrich.

»So meine ich das nicht. Ich meine die Leute hier, mit denen wir die ganze Zeit zusammen sind. Erst stirbt Luuks Frau ...«

»Moment«, unterbrach sie ihr Onkel. »Das war ein Raubüberfall. Das hätte jeden treffen können. Es war nur zufällig eine Frau aus dieser Reisegruppe.«

»Aber Daniela? Meinst du, das ist ebenfalls Zufall, dass jemand sich nachts Einlass in ihr Wohnmobil verschafft und sie dann ...« Sie sah aus dem Fenster. »Aber das war etwas ganz anderes. Sie muss ihren Mörder gekannt haben, denn sie hat ihn ja reingelassen. Das Türschloss war noch intakt.«

»Siehste, zwei ganz verschiedene Sachen«, triumphierte Hinrich. »Du spinnst dir da wieder was zusammen. Und die arme Lotta? Das war ein Unglücksfall. Sie hat nicht aufgepasst, wo sie hintritt. Ich für einen Teil ...«

Jemand klopfte heftig an die Tür des Wohnmobils. »Moin, könnt ihr mal aufmachen?« Es war Trudi.

Hinrich riss die Tür auf. »Ja? Moin Trudi, was ist denn?«

»Könnt ihr nach draußen kommen? Tjark will uns sagen, was passiert ist.« Aufgeregt zerrte Trudi am Halsausschnitt ihres Shirts.

»Wir sind gleich da«, rief Janneke und verstaute die Butter im Kühlschrank.

Ein paar Minuten später saßen alle außer Ellen, die sich nicht wohlfühlte, vor Nettis blumigem Wohnmobil. Tassen, Kluntje und eine dickbauchige Teekanne standen auf dem Klapptisch. »Bedient euch bitte«, forderte die ehemalige Lehrerin ihre Reisegefährten auf.

Kalle winkte ab und sah Tjark an, der mit dunkel umrandeten Augen erschöpft in seinem Campingstuhl saß. »Jetzt sag uns mal, was mit Lotta ist. Gehts ihr einigermaßen?«

Da Tjark nicht sofort antwortete, stieß Kalle Adrian, der neben ihm saß, unsanft an. »Jetzt sag schon. Du warst doch dabei.«

Adrian wechselte mit Tjark einen kurzen Blick, dieser nickte fast unmerklich. »Was soll ich lange drum herumreden. Lotta ist nicht unglücklich gestürzt, sondern jemand hat nachgeholfen«, erteilte Adrian den Anwesenden Auskunft.

Schnell blickte Janneke zu Hinrich, der seine Nichte sofort verstand. Sie hatte wieder einmal recht behalten, dachte der Rentner und fühlte sich plötzlich extrem unwohl.

»Was ist denn passiert, um Himmels willen?« Netti starrte Tjark an.

»Als wir mit dem behandelnden Arzt gesprochen hatten, bat er uns zu warten«, erzählte Adrian weiter. »Nach einer Weile kam ein Kommissar von der Polizei Aurich und hat Tjark alles erklärt.«

»Warst du auch dabei?«, fragte Janneke nach.

Adrian nickte. »Es gibt Indizien dafür, dass Lottas Treppensturz unter Fremdeinwirkung geschah.« Er fasste alle Einzelheiten kurz zusammen. »Der Kommissar wird später hierher zu uns kommen und mit jedem einzelnen reden.«

Trudi fing an zu weinen, Bernd und Luuk saßen wortlos mit ausdruckslosen Gesichtern da. Kalle war aufgesprungen und lief aufgeregt hin und her. »Wieso will die Polizei zu uns kommen? Wir waren doch gar nicht dabei, als Lotta unterwegs war.«

»Wahrscheinlich will der Kommissar erfahren, ob wir etwas wissen«, überlegte Bernd. »Ich kann mir vorstellen, dass er sich erhofft, dass wir eine Ahnung haben, wer das getan haben könnte.«

»Woher sollen wir das wissen?«, blaffte Luuk. »Irgend so ein Idiot hat gedacht, sie hätte Wertsachen bei sich und als er gemerkt hat, dass sie nichts hat, ist er so wütend geworden, dass er ihr einen Tritt gegeben hat.«

Alle schwiegen betreten, denn die ganze Sache hatte Ähnlichkeit mit dem Tod Antjes. Auch da hatte alles auf einen Raubmord hingedeutet.

Netti sprang auf und streckte sich. »Ihr Lieben, wir sollten den Kopf nicht hängen lassen.« Sie ließ ein Kluntje in eine Teetasse fallen und goss Tee darüber. Sofort begann der Kandiszucker sich mit einem leisen Knistern aufzulösen. Mit einem aufmunternden Lächeln reichte sie Tjark die Tasse. »Trink erst mal den Tee. Das wird dir guttun.«

Zögernd nahm er die Tasse entgegen und nahm einen Schluck. »Danke Netti.«

Trudi hatte sich inzwischen gefasst. Aus ihrer Tasche holte sie eine Tafel Schokolade, wickelte sie aus und brach sie in kleine Stücke. »Schokolade beruhigt.« Sie hielt das aufgeklappte Stanniolpapier Bernd hin.

»Danke«, sagte dieser und nahm sich ein Stück. Allmählich löste sich die Starre und alle fanden ihre Sprache wieder.

»Hast du schon im Krankenhaus angerufen?«, wollte Netti wissen und setzte sich neben Tjark.

»Ja, vor einer halben Stunde. Es geht ihr den Umständen entsprechend gut«, seufzte er. »Du weißt ja, wie die sich immer ausdrücken, aber Lebensgefahr besteht keine mehr.«

»Das ist ja schon mal beruhigend«, meinte Netti und versuchte zu lächeln. Sie nahm ihre halbvolle Teetasse und hing ihren Gedanken nach.

Die ganze Zeit grübelte sie schon darüber nach, ob es wirklich ein völlig Fremder war, der Lotta das angetan hatte. Nacheinander sah sie sich die Menschen an, mit denen sie schon so viel Zeit verbracht hatte. War es möglich, dass einer von ihren Freunden mehr über die Hintergründe dieser schrecklichen Tat wusste? Und was war mit Daniela und Antje passiert? Was ging hier vor?

»Ich lege mich ein bisschen hin«, teilte sie den anderen mit und verdrückte sich in ihr Wohnmobil. Sie wollte nicht, dass jemand mitbekam, wie erschüttert sie war.

9. Kapitel

Mai 2018. Liebes Tagebuch, nachdem ich Frederik so konsequent in seine Schranken verwiesen hatte, schlief ich tief und fest bis zum nächsten Morgen. Ich wurde von Franz Teerlings lauter Stimme geweckt, der der ganzen Menschheit in einer enormen Lautstärke verkünden musste, dass eine der Duschen kein heißes Wasser hatte.

Franz ist auch so ein Zeitgenosse. Mit unverhohlenem Blick sieht er jedem weiblichen Wesen hinterher und machte sich noch nicht mal die Mühe, seine Lüsternheit zu verbergen.

Adrian dagegen ist ein feiner Mensch. Er interessiert sich für viele Dinge, auch für historische Romane, wie ich in einem unserer Gespräche festgestellt habe.

Kalle ist ein ungehobelter Klotz, während seine Frau liebevoll mit ihren Mitmenschen umgeht.

Netti und Lotta, zwei Frauen, die mitten im Leben stehen. Ellen hingegen verschwindet hin und wieder in ihre Höhle im Wohnmobil. Bernd scheint das gewohnt zu sein, denn er verliert kein Wort darüber, dass sich seine Frau so abkapselt. Ja, Bernd, der wäre der ideale Familienvater, umsorgend und immer zur Stelle, wenn man ihn braucht. Aber zu meinem Leidwesen bin ich noch nie so einem Mann begegnet, der dann auch ungebunden war.

Den Vormittag verbrachte ich mit Trudi und Netti in der Sauna. Netti erzählte von ihren beiden geplatzten Verlobungen. Einer der Herren war bereits verheiratet gewesen und der andere Verlobte hatte schon mehrere Jahre hinter Gittern verbracht, weil er einigen Frauen mit einem Heiratsversprechen das Geld aus der Tasche gezogen hatte.

Die ehemalige Lehrerin war der Ansicht, dass jeder Mensch nach einem Ausrutscher eine zweite Chance verdient hatte, aber er hätte zu ihr ehrlich sein müssen. »Dann sterbe ich eben als alte Jungfer, also fast als alte Jungfer«, war ihr Resümee.

Hoffentlich muss ich dieses Schicksal nicht erleiden!

Frederik gibt nicht auf und schickt mir unverschämte Textnachrichten. *Das wirst du noch bereuen!* war noch das Freundlichste, was er schrieb. Seine Telefonnummer habe ich sofort blockiert. Er kann mir gestohlen bleiben.

Heute Abend fahre ich mit Lotta und Trudi ins Kino nach Dornum. Es läuft irgend so eine Liebesschnulze. Genau das Richtige für mich.

10. Kapitel

»Das ist genau das Richtige«, stellte Kommissar Blum fest und strich über den weißen, mit unendlich vielen Kratzern versehenen Bürotisch, »und mehr als ausreichend«, bedankte er sich bei Franz Teerling, der freundlicherweise sein Büro hinter der Rezeption dem Kommissar zur Verfügung gestellt hatte.

Blum wollte sich an diesem Nachmittag ungestört mit Lotta de Walls Reisebekannten unterhalten, um eventuell relevante Anhaltspunkte zur Tat am Deich zu bekommen.

Er hatte sich heute Morgen bei dem behandelnden Arzt nach ihrem Befinden erkundigt. Frau de Wall war zwar außer Lebensgefahr, aber eine Befragung kam in nächster Zeit nicht infrage, da die Patientin noch im Tiefschlaf lag.

Das konnte sich gut und gerne noch eine Weile hinziehen, dachte Blum frustriert, denn er hoffte, dass Lotta de Wall ihren Peiniger gesehen hatte und zumindest eine Personenbeschreibung abgeben konnte.

Es blieb ihm also nichts anderes übrig, als sich der üblichen Methoden der Aufklärung zu bedienen, nämlich die Befragung des Personenumfelds des Opfers.

Er hatte vor einer Stunde kurz mit allen Beteiligten gesprochen und sie gebeten, sich zu einem Gespräch einzufinden.

Die gesamte Reisegruppe war seiner Bitte gefolgt und wartete jetzt vor dem Büro darauf, die Fragen des Kommissars zu beantworten.

»Vielleicht wollen Sie gleich den Anfang machen?«, forderte er jetzt Kalle auf, der sich beschwert hatte, dass man ja dann den ganzen Nachmittag hier auf dem Wohnmobilstellplatz verbringen müsse, um immer ansprechbar zu sein. »Dann sind Sie auch als Erster fertig und können ungestört Ihrer Wege gehen.«

Mit einem missmutigen Gesicht nahm Karl-Heinz Ackermann nun vor dem provisorischen Schreibtisch des Ermittlers Platz und verschränkte demonstrativ gelangweilt die Arme.

Nach den erforderlichen Angaben zur Person und Adresse begann Blum mit der Befragung des Feriengastes.

»In welchem Verhältnis stehen Sie zu Frau de Wall?«

»Wieso soll ich ein Verhältnis mit Lotta gehabt haben?« Kalle krallte seine Hände um die Stuhllehne und wollte schon entrüstet aufspringen, als Blum eine beschwichtigende Bewegung machte.

»Ein Verhältnis beinhaltet auch die Bezeichnung für eine persönliche Beziehung zwischen zwei Personen«, erläuterte der Kommissar. »Zum Beispiel, ob jemand verheiratet, befreundet oder verwandt ist. Oder zwei Menschen sind einfach nur Nachbarn. Verstehen Sie das?«

Blum strich sich mit beiden Händen über den Kopf. Er war es gewohnt, sich klar und präzise auszudrücken, und konnte es nicht leiden, wenn die Menschen in ihren Gedanken einfältig oder voreilig waren. »Also, wie ist Ihre Antwort?«

»Ich bin mit Frau de Wall und ihrem Ehemann befreundet«, antwortete Kalle, um Höflichkeit bemüht. »Wir machen seit Jahren im Mai zusammen eine kurze Reise mit dem Wohnmobil durch Ostfriesland.«

»Haben Sie mitbekommen, ob eine fremde Person Frau de Wall beobachtet oder sie angesprochen hat?«

»Nein, mir ist nichts dergleichen aufgefallen.«

Blum blätterte in den Schriftstücken, die vor ihm auf dem Tisch lagen. »Wie ich aus den Unterlagen ersehe, wurde im letzten Jahr eine mitreisende Frau aus Ihrer Gruppe in ihrem Wohnmobil ermordet. Dies geschah hier auf dem Stellplatz in Neßmersiel.«

»Ja«, nickte Kalle, »das war furchtbar.«

»Sind Ihnen irgendwelche Parallelen zwischen dem Überfall auf Frau de Wall und der Ermordung von Frau Daniela Graf aufgefallen, die wichtig sein könnten?«

Kalle hob seine Augenbrauen. »Ich wusste gar nicht, dass sie mit Nachnamen Graf hieß. Wir sprechen uns alle mit dem Vornamen an.«

»Also, ist Ihnen etwas aufgefallen?«

»Nein, ich kann Ihnen nichts dazu sagen.« Kalle sah auf seine Fußspitzen. »Daniela war eine ganz andere Person als Lotta. Die beiden haben ganz unterschiedlich getickt, wenn Sie verstehen, was ich meine.«

»Nicht so ganz«, erwiderte Blum. »Meinen Sie, dass beide Frauen unterschiedliche Angewohnheiten hatten?«

»Genau das. Lotta ist meistens abends spazieren gegangen und Daniela hat sich viel in ihrem Wohnmobil aufgehalten und gelesen.«

»Gut, Herr Ackermann, das wäre erst mal alles«, erklärte Blum und rückte seine Brille zurecht. »Sind Sie doch so freundlich und schicken mir den Nächsten herein.«

»Und wer sollte das sein?«

»Das ist egal, ich muss mit allen Personen aus Ihrer Gruppe sprechen.«

»Wie Sie meinen.« Kalle verließ den Raum und schloss die Tür hinter sich. Sören Blum sah aus dem Fenster. Wie er es hasste, sich mit ungeduldigen Menschen abzugeben. Er hatte die Erfahrung gemacht, dass man stets zügig, aber doch wohlüberlegt seine Angelegenheiten regeln sollte und dass Hektik und Ungeduld nur zu Fehleinschätzungen führten.

»Herein«, antwortete er auf das Klopfen an der Bürotür. Eine junge Frau mit kurzen Haaren betrat den Raum. »Kommen Sie«, winkte er freundlich. »Setzen Sie sich. Bitte Ihren Namen?«

»Janneke Hoogestraat.« Sie setzte sich und strich ihren knallroten Baumwollrock glatt.

»Und Ihre Adresse bitte?«

Janneke gab die entsprechende Auskunft, die der Kommissar notierte.

»Sie gehören auch zu der Reisegruppe?«

Die junge Ostfriesin nickte. »Ja, wir sind uns vor ein paar Tagen in Dangast zufällig begegnet, seit diesem Tag verbringen wir die Ferien gemeinsam.«

»Frau Lotta de Wall, wie gut kennen Sie sie?« Sein Blick fiel auf die Schuhe seines Gegenübers. Ungewöhnlich, sehr ungewöhnlich, wunderte er sich. Solche Schuhe mit so einem spitzen Absatz trugen die Damen seiner Einschätzung nach im Theater, allenfalls im Büro, aber nicht auf einem Wohnmobilstellplatz.

»Was sagten Sie?« Blum hob irritiert den Kopf.

»Ich sagte, dass ich alle, außer natürlich meinen Onkel Hinrich Hoogestraat, mit dem ich zusammen unterwegs bin, so gut wie gar nicht kenne. Eben nur so gut, wie man seine Mitmenschen kennenlernt, mit denen man ein paar Tage an der Nordsee verbringt. Tiefschürfende Gespräche finden da nicht statt.«

»Nun gut«, seufzte der Kommissar. »Ist Ihnen bekannt, dass im letzten Jahr eine Frau während dieser Gruppenreise einem Verbrechen zum Opfer gefallen ist?«

»Ja, man hat uns davon erzählt.«

Blum bemerkte, wie sich sein Darm schmerzhaft zusammenzog. Das kam sicher von den durchaus köstlichen Krabbenbrötchen, die er sich vorhin an einem Kiosk geholte hatte. Obwohl er wusste, dass er solche Sachen nicht vertrug, hatte er nicht widerstehen können. Blum wusste aus Erfahrung, dass es jetzt ratsam wäre, innerhalb der nächsten Viertelstunde eine Toilette aufzusuchen.

»Frau Hoogestraat, vielen Dank erst mal. Sie können gehen.«

»Soll ich wieder jemanden hereinschicken?«

»Nein«, quetschte Blum zwischen seinen zusammengepressten Lippen hervor. »Wir machen für heute Schluss.« Er sprang auf. »Sie entschuldigen mich bitte.«

Noch ehe Janneke Hoogestraat die Bürotür hinter sich geschlossen hatte, saß Sören Blum stöhnend auf der mit senfgelben Fliesen ausgestatteten Toilette des Wohnmobilstellplatzes in Neßmersiel.

11. Kapitel

»Ich finde, dass sie trotz der Sedierung sehr angespannt wirkt.« Die Krankenschwester Menna Hülsebus nippte an ihrem Kaffee. »Aber vielleicht kommt sie bei uns auf der Station zur Ruhe. Auf der Intensivstation herrscht ja doch immer eine gewisse Betriebsamkeit.«

»Sie schläft doch?«, wandte ihre Kollegin Carolin ein. »Dass sie sich hin und wieder etwas bewegt, ist doch normal.«

»Ja, das stimmt schon, aber ich habe das Gefühl, als ob sie keine Ruhe findet.«

Carolin nickte. »Das glaube ich gerne. Ihr Unterbewusstsein ist bestimmt mit dem Unfall beschäftigt.«

Menna sah zur halboffenen Tür des Schwesternzimmers. »Ich habe vorhin gehört, wie der Bärenfänger sich mit der Psychologin aus Emden unterhalten hat. Er hat gesagt, dass jemand die Frau ermorden wollte.«

»Woher sollte er das wissen?«

»Ich nehme mal an, die Polizei hat das gesagt.«

»Und du meinst, jetzt hat sie immer noch Angst vor ihrem Mörder?« Carolin tippte sich an die Stirn.

»Erstens«, führte Menna aus, »lebt sie noch, deshalb ist der Täter kein Mörder und zweitens finde ich es schlimm genug, wenn man solch einen Treppensturz erleiden muss. Das reicht sicher aus, um unruhig zu sein.«

»In der Kantine haben sie erzählt, dass es ein ganz gewöhnlicher Raubüberfall war«, sagte Carolin und sah auf die Uhr. »Die Polizei wird sicher hier antanzen, sobald sie wach ist.«

Menna schüttelte den Kopf. »Das kann dauern und dann kann es auch noch sein, dass sie sich an den Überfall überhaupt nicht erinnern kann.«

»Du meinst, sie kann noch nicht mal eine Beschreibung von der Person geben, die das getan hat?«

»Ja«, nickte Menna, »das kann gut möglich sein. Aber vielleicht kann sie die ganze Sache besser verarbeiten, wenn sie gar keine Erinnerung daran hat.«

***

Janneke dachte an die gestrige Befragung durch den Kommissar, während sie mit Hinrich beim Frühstück saß. Sie hatte sehr wohl zu allen ihren Reisegefährten eine Meinung und Einschätzung, die sie aber dem Kommissar nicht unbedingt auf die Nase binden wollte. Nicht, dass noch ein falscher Verdacht entstand, nur weil sie einen unbedachten Hinweis gegeben hatte.

»Wo bist du denn mit deinen Gedanken?«, brummte Hinrich. »Irgendwie ist die ganze lockere Stimmung hin.«

»Ihr habt euch gestern Abend beim Grillen aber ordentlich amüsiert, Kalle, Luuk und du.«

»Das war Galgenhumor«, verteidigte sich Hinrich. »Tjark hat gesagt, dass Lotta wieder gesund wird. Er ist da ganz zuversichtlich. Wir können doch jetzt nicht jeden Tag wie die Trauerklöße hier herumhängen?«

»Ja, das stimmt schon irgendwie«, gab ihm Janneke recht. »Das nutzt Lotta jetzt auch nichts. Vielleicht hilft es ja ihrem Mann sogar, über die Sache besser hinwegzukommen.«

Hinrich ließ das Rollo an dem kleinen Fenster hochschnappen und sah hinaus. »Heute wird es sicher ganz schön warm. Was wollte denn der aalglatte Polizist von dir?«

»Er wollte wissen, was ich über die anderen denke und ob ich etwas zu Lottas Sturz aussagen kann.«

»Hast du ihm von Danielas Tagebuch erzählt?«

»Das brauche ich doch nicht, da die Ermittler das Buch ja bereits gelesen haben. Das ist also kein Geheimnis«, klärte Janneke ihren Onkel auf. »Aber ich weiß auch nicht, ich finde das schon eine merkwürdige Sache, dass Daniela, die Frau von Luuk und Lotta alle hier in der Gegend einem Verbrechen zum Opfer gefallen sind.«

»Wo wäre da eine Gemeinsamkeit?« Skeptisch sah Hinrich seine Nichte an. »Der einzige gemeinsame Nenner ist diese Gruppe hier und der Kerl, dem der Stellplatz in Carolinensiel und hier in Neßmersiel gehört.«

»Du meinst Franz Teerling?«

Hinrich nickte. »Der hat sowas Verschlagendes.«

»Das alleine macht ja noch niemand verdächtig«, urteilte die junge Ostfriesin.

»Kalle hat mir vorhin gesagt, dass wir uns gleich noch einmal für eine Befragung bereithalten sollen«, meinte Hinrich. »Ich weiß sowieso nichts.«

»Ja, gestern hatte der Kommissar es ziemlich eilig.« Sie stand auf und räumte das schmutzige Geschirr in die kleine Spüle. »Ich gehe vielleicht gleich an den Strand.«

»Gut, dann gehe ich mal zu den anderen«, verkündete Hinrich, froh, dass er um den Abwasch herumgekommen war.

Janneke räumte den Rest des Frühstücks weg, wusch das Geschirr und zog ihre Laufschuhe an. Sie packte Danielas Tagebuch in ihre Tasche und machte sich auf den Weg.

»Moin Janneke«, riefen Netti und Trudi gleichzeitig. »Gehst du zum Strand?«

»Ja, es ist so schönes Wetter«, freute sich Janneke. »Und ihr müsst auf eure Befragung warten?«

»Ja, geht ja nicht anders«, rief die ehemalige Lehrerin.

Janneke winkte den beiden Frauen zu. »Hoffentlich dauert es nicht so lange.«

Ellen und Bernd saßen schweigend etwas abseits an einem der Gartentische vor der Rezeption. Bernd blätterte in einem Gartenkatalog, Ellen war in ihre Strickarbeit vertieft. Mit einem kurzen Nicken lief Janneke an den beiden vorbei. Bernd grüßte sie mit einem verhaltenen Lächeln, seine Frau reagierte gar nicht. Erst jetzt fiel Janneke auf, dass sie mit Ellen bisher so gut wie kein Wort gewechselt hatte.

Nur durch einige Bemerkungen ihrer Reisegefährten und Danielas Tagebucheinträge wusste sie einiges über das stille Ehepaar.

Der Himmel war wolkenlos und die junge Frau spürte schon die Hitze, die sich sicher heute breitmachen würde. Der Strand war noch ziemlich leer. Sie breitete ihr Badetuch aus und legte sich hin. Ihre Tasche schob sie unter ihren Kopf. Zufrieden schloss sie die Augen. Ein sanfter Wind strich über ihren Körper, der Geruch des Schlicks stieg in ihre Nase.

Vergeblich versuchte Janneke, die Gedanken um die drei Frauen zur Seite zu schieben. Es war sicherlich möglich, dass alle drei Ereignisse unabhängig voneinander zu sehen waren, aber es fiel ihr immer schwerer, dies zu glauben.

Was wäre, wenn Lotta den Täter später genau beschreiben konnte oder sogar kannte?, sinnierte die junge Ostfriesin weiter. Würde der Täter nicht versuchen, sie zum Schweigen zu bringen?

Janneke setzte sich auf, ihr war kalt. Sie nahm ihre Strickjacke aus der Tasche und legte sie sich um die Schultern, aber das Frösteln hörte nicht auf. Es war sicher die Ungewissheit, die sie schaudern ließ. Sie holte sich Danielas Tagebuch hervor und begann zu lesen.

12. Kapitel

Mai 2018. Liebes Tagebuch, die ganze letzte Nacht habe ich nicht geschlafen, denn dauernd ging mir Frederik durch den Kopf. Wieso hat er sich so verändert? Am Beginn unserer Beziehung war er auf alle Fälle ganz anders. Zuvorkommend, abwartend und nicht so fordernd. Ich zermartere mir den Kopf, wann genau er sich so zu seinem Nachteil verändert hat.

Ich weiß noch genau, dass wir nach einiger Zeit in unserer Beziehung davon gesprochen hatten, endlich zusammenzuziehen. Eigentlich war er es, der das Thema angeschnitten hatte. Ich zögerte, denn mir war nicht wohl bei der Sache. Ich war es überhaupt nicht mehr gewohnt, so eng mit einer anderen Person zusammenzuleben. Ich wollte meine Klamotten überall herumliegen lassen, nur einmal die Woche das Geschirr spülen und mir jeden zweiten Abend eine Pizza bestellen.

Ich kann mich noch sehr gut an den Tag erinnern, an dem ich mein Elternhaus verlassen habe. Meine Mutter stand mit rotgeweinten Augen am Gartentor und sah zu, wie ich meinen Kleinwagen mit allen Habseligkeiten bepackte. Hin und wieder wischte sie sich über ihre Augen und schluchzte, bis mein Vater auf der Bildfläche erschien und sie ins Haus zog.

»Gesine, jetzt lass das Kind gehen. Dani ist alt genug«, tröstete er sie und nahm liebevoll ihren Arm.

Nach ein paar Monaten hatte sich meine Mutter daran gewöhnt, dass ich nun mein eigenes Leben lebte, und verzichtete nach einigen heftigen Auseinandersetzungen darauf, jeden zweiten Tag mit irgendeinem Firlefanz und fadenscheinigen Ausflüchten vor meiner Tür zu stehen.

Im Laufe der nächsten Jahre hatte nie ein Mann bei mir übernachtet, bis auf Frederik, den ich aber immer erfolgreich auf Abstand gehalten hatte.

Vor Frederik war da noch die Sache mit Janni, meinem quirligen Arbeitskollegen, der der Ansicht war, er brauche nur zu pfeifen und alle Weiber würden sein Bett stürmen. Nach ein paar netten Abendessen, einer Tour zur Insel Wangerooge und einem Kurzurlaub in Österreich sah er sich am Ziel. Er war der Ansicht, er könne über mich und meine Freizeit verfügen. In der Firma gab es Krach, mein Chef hat uns mehrmals in sein Büro zitiert und uns mehr oder weniger streng gebeten, die Streitereien am Arbeitsplatz zu unterlassen. Als ich später mit Frederik zusammen war, hatte Janni das wohl geschnallt und Gabriele aus der Buchhaltung den Nerv getötet.

Jetzt sitze ich hier auf dem Wohnmobilstellplatz mit einem gockelnden Kalle, einem überkandidelten Luuk und einem schmierigen Franz Teerling. Erst gestern Abend hat Franz mich nach meinem Saunagang abgefangen und mir angeboten, ihn in eine Diskothek nach Esens zu begleiten. Als ich dankend ablehnte, kam er so nahe an mich heran, dass ich seinen knoblauchgeschwängerten Atem riechen konnte. Außerdem war sein Polyesterhemd verschwitzt und seine Nasenhaare waren ganz dicht vor meinem Gesicht. Mein Fazit: Als allein reisende Frau ist man vor nichts sicher. Ich bin froh, dass Trudi, Lotta und Netti hier sind. Ellen sehe ich kaum, sie ist mir nach wie vor fremd. Adrian und Bernd ordne ich in die Kategorie Gentlemen ein, was mich irgendwie tröstet. Es ist nicht alles schlecht.

13. Kapitel

Da er die gestrige Befragung der Reisegruppe aus gesundheitlichen Gründen hatte abbrechen müssen, verbrachte Sören Blum den Vormittag damit, Namen, Adressen und etwaige Beobachtungen und Fakten zu notieren. Aber entgegen seiner Hoffnung ergaben die gesamten Gespräche mit der Reisegesellschaft nichts Neues.

Er fühlte sich erschöpft während dieser mühseligen und stressigen Informationssammlung.

Die ältere Lehrerin aus Aurich konnte sich nicht mehr an Einzelheiten erinnern. Ihr fiel noch nicht einmal der vollständige Name des Opfers aus dem Vorjahr ein, das in seinem Wohnmobil sein Leben lassen musste. Ihr war nichts Außergewöhnliches aufgefallen, alles sei wie immer während der gemeinsamen Urlaube gewesen. Immerhin hatte sie es auch merkwürdig gefunden, dass auch im vergangenen Jahr hier ein Verbrechen geschehen war. Im Rahmen der weiteren Befragung hatte sie nur mit den Schultern gezuckt und ihr Bedauern zum Ausdruck gebracht, dass sie zur Aufklärung des aktuellen Falls nichts beitragen könne.

Das Ehepaar, welches einen Bioladen in Emden betrieb, hatte wirklich an seinen Nerven gezerrt. Erst hatte die Frau darauf bestanden, dass ihr Mann bei dem Gespräch anwesend sein musste. Während der nachfolgenden Unterhaltung hatte Blum vergeblich versucht, auch nur einen Hauch von Information von dieser recht schweigsamen Frau zu bekommen.

Der Witwer Luuk van Dijk, der, wie der Kommissar den Akten der Kollegen entnehmen konnte, vor Jahren ebenfalls seine Frau durch ein Kapitalverbrechen verloren hatte, konnte ihm auch nicht behilflich sein. Stattdessen machte er Witze über die Pingeligkeit der Deutschen und die Behörden, insbesondere auf Bundesebene.

Zum Schluss kam der junge Mann herein, den er schon im Krankenhaus zusammen mit dem Ehemann des Opfers kennengelernt hatte. Für seinen Geschmack war dessen

Auftreten zu smart, zu sehr wirkungsorientiert. Nach den Angaben zu seiner Person saß Adrian Kowalski lässig, mit übereinandergeschlagenen Beinen vor ihm und fuhr sich mehrmals durch seine augenscheinlich dunkel gefärbten Haare.

»Sie arbeiten also in einem Autohaus?« Der Kommissar sah auf seine Notizen. »Wie sind Sie zu dieser Truppe gestoßen?«

Kowalski beugte sich nach vorne. »Das war alles nur Zufall«, erklärte er. »Ich wollte eigentlich in die Niederlande fahren, aber in Dangast bin ich mit den Leuten ins Gespräch gekommen und, na ja, Sie sehen ja, jetzt bin ich dabei.«

»Als Autoverkäufer müssen Sie eine Wucht sein!« Blum zeigte auf die Armbanduhr des Mannes. »Für diese Uhr muss man einen mittleren sechsstelligen Betrag hinlegen.«

Kowalski hob seinen Arm und sah auf die Uhr. »Sie kennen sich aber aus.«

Blum hob die Augenbrauen. »Mein Nachbar hat sich so eine hochwertige Uhr angeschafft«, fügte der Kommissar als Erklärung hinzu. »Deshalb ist mir das aufgefallen.«

»Ich kann Sie aber beruhigen, das Ding ist eine Fälschung«, grinste Kowalski. »Gut gemacht, aber eine Fälschung.«

Blum hustete. »Ich will nicht wissen, wie Sie da drangekommen sind. Soviel ich weiß, kostet die Fälschung auch ein paar hundert Euro. Und Sie als Autoverkäufer haben da sicher Ihre Beziehungen?« Der Kommissar ärgerte sich über das selbstsichere Verhalten des Mannes, das ihm seine eigenen Unzulänglichkeiten zu sehr verdeutlichte. »Aber kommen wir zum Thema. Können Sie mir irgendetwas an die Hand geben, was für die Aufklärung des Überfalls auf Frau de Wall von Bedeutung sein könnte?«

Adrian Kowalskis Gesicht wurde ernst. »Ich denke, es ist an der Zeit, Ihnen einiges zu erklären. Ich bin nämlich nicht der, für den mich alle halten.«

Blum rückte auf die Kante seines Stuhls und lauschte den Worten des jungen Mannes, der jetzt nach vorne gebeugt vor ihm saß.

***

Es roch nach Desinfektionsmittel und Mittagessen. Tjark hatte das Fenster im Zimmer von Lotta einen Spaltbreit geöffnet, um die frische Frühlingsluft hereinzulassen. Er versprühte ein wenig von dem Zitronenduft aus der Spraydose, die er in einem der Spinde gefunden hatte.

Erschöpft nahm er wieder auf dem Stuhl neben dem Bett seiner Frau Platz und beobachtete, wie sich ihre Brust gleichmäßig hob und senkte.

Lotta und er hatten bis zu diesem schrecklichen Ereignis ein unbeschwertes Leben geführt. Ihre gemeinsame Firma in Bremen, *Immobilien de Wall*, hatten sie zusammen aufgebaut und bis jetzt harmonisch zusammen geführt. Die drei Kinder waren aus dem Haus und seit ein paar Jahren waren sie ungebunden und fühlten sich frei.

Als sich die Tür des Krankenzimmers öffnete, schrak Tjark zusammen und sprang auf.

»Moin.« Doktor Bärenfänger reichte ihm die Hand. »Wie geht es Ihnen?«

Wortlos zuckte Tjark mit den Schultern.

Der Arzt trat an das Bett seiner Patientin, nahm ihr Handgelenk und fühlte den Pulsschlag. »So weit bin ich ganz zufrieden. Wir haben die Sedierung etwas verringert, sodass Ihre Frau bald aufwachen wird.«

»Gott sei Dank«, stammelte Lottas Ehemann. »Ich bin froh, wenn sie wieder wach ist.«

»Wir werden weiterhin Beruhigungsmedikamente verabreichen, damit Ihre Frau sich nicht aufregt und die Verletzungen in Ruhe abheilen können.«

»Aber wird sie denn wach sein?«

Bärenfänger nickte. »Aber sie wird nicht reden können. Die Trachealkanüle muss noch an Ort und Stelle bleiben, bis alles abgeheilt ist. Erst dann, wenn wir sicherstellen können, dass ihre Frau normal atmen kann, können wir die Kanüle entfernen.«

Sanft strich Tjark über die vollständig verbundenen Hände von Lotta. »Schreiben kann sie auch nicht. Wie soll ich mich denn mit ihr verständigen?«

Mit einem zuversichtlichen Lächeln wandte sich Bärenfänger zum Gehen. »Sie werden erstaunt sein, wie Sie sich auch ohne viele Worte mit Ihrer Frau verständigen können. Sie kennen sich doch lange genug.«

Tjark nickte und sah dem Arzt nach, wie der leise die Tür von außen schloss. Wahrscheinlich hat er recht, dachte er, denn auch in der Vergangenheit hatte er sich auch ohne Worte mit Lotta verständigt. Er wusste schon im Voraus, was sie jetzt sagen wollte und sie hatte schon von jeher seine Gedanken erahnt.

Es roch nach Frühling, Tjark öffnete das Fenster ganz weit und atmete, die Arme weit ausgestreckt, die frische Luft ein. »Riechst du es, Lotta? Es wird Sommer.« Er sah kurz zu seiner schlafenden Frau, die bewegungslos in ihrem Krankenhausbett lag. Ja, dachte er zuversichtlich, es würde alles wieder gut werden, da war er sich jetzt absolut sicher.

***

Mit einem Fußtritt beförderte Trudi zwei schmutzige Hemden von Kalle in den Wandschrank des Wohnmobils. Wenn er denkt, dass ich dafür sorge, dass die gewaschen werden, hat sich der Herr aber geschnitten, dachte sie und schlug die Schranktür zu.

Bei der Befragung durch den Kommissar war sie drauf und dran gewesen, ihm das wahre Gesicht von Kalle zu offenbaren. Kalle, der Hilfsbereite, Kalle der Organisator und Kalle, die Rampensau. Trudi schnaubte verächtlich und setzte sich an den

Tisch in dem protzigen Wohnmobil. Eine Sau war er ja, ihr Kalle. Alle Welt, vor allem die Damen, beneidete sie um den um kein Wort verlegenen Mann, der es zu etwas gebracht hatte. Aus einem kleinen Reisebüro im Hinterhof hatte er es zu zwei Geschäften in der Innenstadt von Norden gebracht. Aber niemand wusste, dass ihr ganzes Erbe da mit drinsteckte. Ohne dieses Geld, welches sich ihr Vater mühsam zusammengespart hatte, wäre die Firma *Reisen Ackermann* immer noch im Hinterhof in einem heruntergekommenen Ladenlokal ansässig. Das Wohnhaus am Rande der Stadt war viel zu groß ausgefallen für das kinderlose Ehepaar Ackermann, der Swimmingpool war mehr ein Statussymbol. Und dann das überdimensionierte Reisemobil, das Trudi nur mit Mühe lenken konnte. Kalle gab sich nie mit mittelmäßigen Dingen ab.

Trudi nahm ihr Handy und wählte eine Nummer. Bevor sie die grüne Taste drückte, hielt sie inne und sah aus dem Fenster. Kalle und Luuk waren gerade dabei, den Grill aufzustellen. Netti wuselte herum und verteilte Servietten, die durch den Seewind sofort wieder vom Tisch geweht wurden.

Schon im letzten Jahr wollte Trudi gar nicht mehr an der gemeinsamen Küstenreise teilnehmen. Seit dem Tod von Antje sah sie ihr eigenes Dasein plötzlich in einem anderen Licht. Es konnte alles so schnell vorbei sein. War es wirklich richtig, dass sie ihr Leben mit diesem Holzklotz verbrachte?

Zu allem Überfluss war sie in dem Juli nach Antjes Tod dahintergekommen, dass Kalle eine uneheliche Tochter in Wien hatte. Ihr untreuer Ehemann hatte sich große Mühe gegeben, alle Indizien vor ihr verborgen zu halten. Sämtliche Kontoauszüge, auf denen die Unterhaltszahlungen vermerkt waren, hatte er sorgfältig vor ihr in dem dunklen Kirschholzschrank in einem verborgenen Fach versteckt. Wäre das mit dem Wasserrohrbruch nicht passiert, wobei der zierliche Holzschrank durch ein aus der Wand gerissenes Rohr derart beschädigt wurde, dass die Rückwand sich löste und das Möbelstück schließlich vollends in sich zusammenbrach, hätte

Trudi nie davon erfahren. Kalle befand sich zu dieser Zeit auf einer Reisemesse in Thüringen, sodass sie alleine dafür sorgen musste, dass die Überreste des Rohrbruchs beseitigt wurden.

An dem Abend, als ihr Mann endlich wieder nach Hause kam, hatte sie ihm wortlos die Mappe mit den Kontoauszügen auf den Tisch geworfen und ihn vorwurfsvoll angeblickt.

Dann kam der Satz, den Männer, wenn sie erwischt wurden, in Komödien meistens von sich gaben. »Schatz, es ist nicht so, wie es aussieht«, hatte Kalle gestammelt und die Mappe schnell an sich genommen.

Trudi hatte ihm eine Vase an den Kopf geknallt und war für ein paar Wochen zu ihrer Schwester nach Leer gezogen.

Kalle lief daraufhin zur Hochform auf, schickte ihr Rosen, Pralinen und sorgte dafür, dass ihr Eigenheim wieder tipptopp renoviert wurde.

Noch heute bereute es Trudi, dass sie sich hatte breitschlagen lassen zurückzukehren, denn ihr Mann war kein besserer Mensch geworden. Er hatte sich überhaupt nicht verändert und wusste immer noch nicht, wann er den Mitmenschen zu nahe kam.

Im Mai letzten Jahres zwang er der armen Daniela, die sich ihnen angeschlossen hatte, bei jeder Gelegenheit ein Gespräch auf und war überhaupt nicht darauf bedacht, seine Anzüglichkeiten zu verbergen. Dass er Lotta hin und wieder seine Hand auf den Oberschenkel gelegt hatte, hatte sie mit wachsendem Unbehagen registriert. Lotta hatte jedes Mal lachend seine Hand weggeschoben und so getan, als wäre nichts passiert.

Das waren eigentlich unhaltbare Zustände, sinnierte Trudi, während sie weiter Netti beobachtete, die inzwischen Teller und Besteck aus ihrem Wohnmobil geholt hatte. Kalle hielt eine Flasche Bier in der Hand und ließ sich ausschweifend darüber aus, wie lange man ein gutes Steak grillen durfte, bis es butterzart war.

Ihr Mann war ihr unheimlich geworden und sie ließ das erste Mal den Gedanken zu, dass es möglich war, dass Kalle mehr über die Umstände von Antjes und Danielas Tod wusste, auch wenn das nach den jetzigen Erkenntnissen nicht wahrscheinlich war. Aber trotzdem, die Skepsis blieb. Und was war mit Lotta geschehen? Verbarg Kalle etwas vor seiner Umwelt?

Trudi schüttelte den Kopf, weil sie merkte, dass sie das alles nicht mehr logisch einordnen konnte. Nein, es war genug! Entschlossen drückte sie die grüne Taste an ihrem Telefon. Gleich würde sich die Rechtsanwaltskanzlei Kromminga in Emden melden. Sie würde um einen Gesprächstermin zur Erstberatung anlässlich einer angestrebten Scheidung bitten.

14. Kapitel

»Und was schreibt sie?« Hinrich Hoogestraat ließ die Ostfriesen Zeitung sinken.

»Wer schreibt was?« Janneke verstand nicht gleich.

»Ich meine diese Daniela, Jans und Elsies Nichte. Was schreibt sie in ihrem Tagebuch?«

»Sie hatte die Schnauze voll von Männern. Einzig und alleine Bernd und Adrian fanden Gnade vor ihren Augen«, teilte Janneke ihrem Onkel mit. »Ihren Freund Frederik hat sie heftig vor den Kopf gestoßen, als sie so brüsk seinen Heiratsantrag abgelehnt hat.«

»Vielleicht ist er für den Tod von Daniela verantwortlich?«, überlegte Hinrich. »Der war bestimmt stinksauer.«

»Das hat die Polizei sicherlich überprüft.« Sie nahm das Tagebuch zur Hand und schlug es auf. »Sie schreibt auch, dass Franz Teerling sie bedrängt hat.«

»Wie bedrängt? Was hat er gemacht?«

»Er hat ihr aufgelauert, als sie aus der Sauna kam. Es muss ihr sehr unangenehm gewesen sein. Ich kann mir das bei Franz Teerling gut vorstellen, wie er sie süffisant lächelnd aufforderte, mit ihm in die Disko zu gehen.«

»Und, ist sie mit dem Schmierlappen mitgegangen?« Sorgfältig faltete Hinrich die Tageszeitung zusammen und legte sie auf die Ablage unter dem Tisch.

»Davon schreibt sie nichts.« Janneke verstaute das Buch wieder in ihrer Tasche, lehnte sich zurück und verschränkte die Hände hinter dem Kopf. »Vielleicht war das sowieso eine blöde Idee, anzunehmen, dass der Mörder von Daniela ein Mitglied der Reisegruppe ist. Es ist ja auch möglich, dass es eine Person war, die sie am Strand oder in einem Café kennengelernt hat. Später hat diese Person Daniela in ihrem Wohnmobil aufgesucht. Ein ihr gänzlich fremder Mensch kann es nicht gewesen sein, denn sonst hätte sie ja ihre Tür nicht geöffnet.«

»Und warum sollte eine harmlose Ferienbekanntschaft nachts zu Daniela gehen, um sie zu töten?« Der Ostfriese hatte keine Ahnung, was im Kopf seiner Nichte vor sich ging. »Ich leere mal den Toilettenbehälter aus«, verkündete er, »und Frischwasser brauchen wir auch wieder.« Hinrich nahm seine Kappe und ging nach draußen.

Janneke saß immer noch am Tisch und ließ sich die ganzen Geschehnisse durch den Kopf gehen. Warum wurde Daniela getötet? Reich war sie nicht und hatte auch mit niemandem Streit, so viel ihr bekannt war. Janneke wusste, dass Habgier, Hass, Rache und Eifersucht häufige Mordmotive waren.

Sie schloss die Augen und ließ alle Mitreisenden vor ihrem inneren Auge vorbeiziehen. Trudi und Netti? Nein, die kamen nicht infrage. Die unsichtbare Ellen und ihr Mann Bernd? Was sollten die für einen Grund gehabt haben, der jungen Frau so etwas anzutun? Aber gab es nicht immer eine nachvollziehbare Erklärung? Geschahen nicht auch Morde aus missverstandenem Glauben oder verletztem Stolz?

Mit zusammengepressten Augen überlegte sie weiter. Sie blieb an Luuk hängen, dem Witwer, dessen Frau ebenfalls durch ein Verbrechen ums Leben gekommen war. Diesen Mann konnte sie schlecht einschätzen. Mal war er zu Späßen aufgelegt, dann wiederum in sich gekehrt. Janneke sprang auf und klopfte ans Fenster. Hinrich war gerade dabei, den Behälter der Toilette wieder an seinen Platz zu befördern. Hektisch macht Janneke ihm Zeichen, er möge doch wieder hereinkommen.

»Was ist denn jetzt schon wieder?«, wollte Hinrich wissen und warf seine Kappe auf den Tisch. »Ich muss noch Strom aufladen. Wieso bist du so hektisch?«

»Ist ja schon gut«, versuchte sie, ihren Onkel zu beruhigen. »Dein alter Kumpel Gerdo aus Bingum hat doch in Leer bis zu seiner Rente beim Finanzamt gearbeitet, oder?«

»Ja, stimmt, aber mit dem habe ich überhaupt keinen Kontakt mehr.« Er griff nach seiner Kappe. »War das alles?«

»Nein, es geht um Luuk.« Sie machte eine Kopfbewegung nach draußen, wo die anderen plaudernd vor Nettis Wohnmobil saßen. »Über ihn wissen wir am wenigsten.«

Hinrich sah ebenfalls aus dem Fenster. »Und was ist mit dem? Der sitzt da und quatscht mit den anderen.«

»Luuk arbeitet doch auch beim Finanzamt. Kannst du nicht mal deinen Kumpel anrufen und ihn über Luuk ausfragen? Die kennen sich doch bestimmt.«

»Was soll ich den denn fragen?« Hinrich machte eine abwehrende Bewegung. »Soll ich fragen, welche Unterhosengröße Luuk hat oder was?«

»Quatsch«, antwortete Janneke ungehalten. »Ich will einfach wissen, was für ein Mensch Luuk im Alltag ist.«

»Ich habe keine Telefonnummer von Gerdo«, versuchte Hinrich, seine Nichte von ihrem Vorhaben abzubringen.

»Wenn es weiter nichts ist.« Janneke zückte ihr Handy und rief im Internet das Telefonbuch von Leer auf. »Wie heißt Gerdo mit Nachnamen?«

»Hettinga.«

»Moment, haben wir gleich ...«, murmelte sie. »Hier habe ich es. Er wohnt am Bingumer Deich.« Sie notierte die Nummer auf dem Rand der Tageszeitung. »So, jetzt kannst du ihn anrufen.«

Widerwillig nahm Hinrich das Telefon und wählte die Nummer seines ehemaligen Sportkameraden.

»Moin, hier ist Hinrich Hoogestraat«, brummte er, als der Teilnehmer abgenommen hatte. Sofort hielt er das Telefon ein wenig von Ohr weg. Janneke konnte die Stimme von Gerdo Hettinga auf der anderen Seite der Leitung hören. »Mann Gerdo, brüll nicht so. Mein Ohr ...«

Janneke beugte sich nach vorne, sie konnte sogar ohne Lautsprecher mithören.

»Na Hinrich, was liegt an?« Gerdo wäre bei der Lautstärke auch gut ohne Telefon ausgekommen.

»Ich habe vor ein paar Wochen beim Osterfeuer einen Kollegen von dir getroffen. Ein komischer Kauz.« Ratlos blickte Hinrich seine Nichte an.

»Und wer war das?«

»Er heißt Luuk.«

»Und wie weiter?«, brüllte Gerdo.

»Ahm, warte ...« Hinrich wartete, bis Janneke den Namen aufgeschrieben hatte und ihm hinhielt. »Van Dijk.«

»Ach ja, jetzt weiß ich, wen du meinst.« Gerdo lachte. »Luuk, ja, an den kann ich mich gut erinnern.«

»Und was hat der so gemacht?« Hilflos sah er Janneke an. Diese rollte mit den Augen. »Ich meine, wie war der so?«

»Ja, wie war der so, eigentlich ganz unauffällig, aber wenn ihn jemand geärgert hat, konnte der ganz schön wütend werden.«

Hinrich lachte. »Normalerweise ärgert ihr vom Fiskus die Leute und nicht umgekehrt.« Es knackte in der Leitung. »Gerdo, bist du noch da?«

»Mir ist der Hörer runtergefallen. Wo waren wir stehengeblieben, ach ja, Luuk.« Es knackte wieder. »Eigentlich war er immer total langweilig. Aber wenn der sich mal aufgeregt hat, dann war was los. Da hättest du ihn nicht wiedererkannt. Ja, und dann ist das ja mit seiner Frau passiert. Ich habe die Todesanzeige gelesen«, fuhr Gerdo fort, »aber bei der Beerdigung war ich nicht. So gut habe ich ihn auch nicht gekannt.«

»Ja, er hat uns erzählt, dass er verwitwet ist.« Hinrich machte eine hilflose Geste.

»Das wundert mich aber, dass er so offen war, denn normalerweise hat er sich, gerade auch Fremden gegenüber, sehr bedeckt gehalten. Du, ich muss, Hilke ruft zum Essen. Tschüss.«

»Ja, mach's gut Gerdo.« Hinrich drückte auf die rote Taste. »Und was soll der Quatsch jetzt?«, blaffte er Janneke an. »Wieso sollte ich da anrufen? Jetzt bist du auch nicht schlauer.«

Janneke nahm wortlos ihre Tasche und verzog sich auf ihr Bett. Hinrich hatte ja recht. Sie war genauso schlau wie vorher. Die ganze Sache war sowieso ein Hirngespinst. Wieso war sie der Meinung, dass ausgerechnet sie hinter das wahre Mordmotiv kommen würde? Aber andererseits war es schon bemerkenswert, was sich hier ereignet hatte.

Hinrich hatte mit einem Fluch auf den Lippen das Wohnmobil verlassen.

Janneke nahm ihren Laptop. Zurück zum Alltag, rief sie sich zur Ordnung, Schluss mit Verbrechen. Sie startete ihren Computer und rief die Datei mit ihrem aktuellen Manuskript auf. Voller Elan und motiviert bearbeitete sie die Tastatur. Sie hörte noch nicht einmal Trudi, die sie mit lauter Stimme zum Essen rief.

***

Hinrich war gegen Mitternacht in seine Koje gefallen, nachdem er noch ein dickes Stück Fleischwurst verschlungen hatte, welches er im Kühlschrank des Wohnmobils entdeckt hatte.

Die täglichen Grillabende, bei denen es gewöhnlich locker und entspannt zuging, waren belastet von Lottas Sturz. Tjark brachte fast keinen Bissen herunter und hing mit betrübter Miene seinen Gedanken nach. Auch die anderen saßen nachdenklich um den Grill herum. Janneke hatte sich früh verabschiedet und noch ein wenig im Internet über die Beschaffung von K.-o.-Tropfen recherchiert. Sie war erstaunt, dass man verschiedene Wirkstoffe ganz einfach im Internet bestellen konnte.

In der Nacht wurde sie mehrmals wach. Ihre Gedanken waren sofort bei Daniela, die ohne ihr Wissen dieses tödliche Mittel in einem Getränk eingenommen hatte. Wo könnte sie nur ihren Mörder kennengelernt haben? Mit dieser Frage schlief sie endlich wieder ein.

Die Kopfschmerzen, mit denen Janneke am nächsten Morgen ziemlich früh erwachte, versuchte sie, mit einer Schmerztablette zu vertreiben. Sie deckte den Frühstückstisch und checkte ihre Mails. Da Hinrich keinerlei Anstalten machte aufzustehen, frühstückte sie alleine und hinterließ ihrem Onkel eine Nachricht, dass sie in den Ort zum Einkaufen gegangen war. Janneke wusste nämlich genau, was ihre Laune erheblich verbessern würde. Sie hatte am Ortsausgang ein kleines Schuh- und Handtaschengeschäft gesehen. Dort würde sie sicherlich einen Stimmungsaufheller aus buntem Leder oder Stoff erwerben können.

Sicherheitshalber verstaute sie Danielas Tagebuch wieder in ihrer Handtasche, denn sie wollte es nicht unbeaufsichtigt im Wohnmobil zurücklassen.

Es versprach, ein wunderschöner Maitag zu werden. Ihre Sportschuhe hatte sie in den Wandschrank verfrachtet und machte sich jetzt, so wie sie es gewohnt war, auf ihren High Heels auf den Weg in den Ort.

Franz Teerling stand lässig in der Tür seines Büros, die Hände in den Hosentaschen vergraben und stieß einen anerkennenden Pfiff aus, als er sie vorbeistöckeln sah. Janneke tat so, als ob sie das nicht bemerken würde, und lief hocherhobenen Kopfes an ihm vorbei.

Adrian hatte gerade die Duschräume verlassen. »Hey Janneke, wohin so schnell?«, rief er ihr nach und stopfte Handtuch und Duschgel in eine Stofftasche mit dem Aufdruck *Nordsee*.

»Ich muss was einkaufen«, rief Janneke zurück und wollte gerade zwei Schritte auf ihn zugehen, als sie stolperte und dem smarten Autoverkäufer vor die Füße fiel.

Sofort sprang Adrian herbei, während Franz sich wieder in sein Büro verzog. »Komm, ich helfe dir.« Er zog sie an ihrem Arm nach oben. Jannekes Handtasche hatte sich durch den Sturz geöffnet und das lederne Buch lag auf dem Gehweg.

Adrian bückte sich schnell und hob es auf. »Woher hast du das?« Prüfend sah er sie an.

»Wieso? Es ist nur ein Buch.«

Er schwieg einen Moment und wog es in seiner Hand. »Ich kenne das Buch«, murmelte er schließlich.

Verblüfft sah Janneke ihn an. »Woher ...? Das stimmt doch gar nicht. Von der Sorte gibt es Hunderte.«

»Aber dieses Buch gehörte einer jungen Frau, die nicht mehr lebt. Ich erkenne es an dem kleinen Filzstiftstrich, hier, gleich neben dem Buchrücken.«

Janneke nahm das Buch in die Hand und sah es sich genauer an. Adrian hatte recht. Knapp neben dem Falz am Buchrücken konnte man einen schwarzen Strich erkennen. »Das gibt es doch nicht«, stammelte sie, »woher kennst du das Buch?«

»Ich habe alle Einträge von Daniela Graf gelesen.« Unbeholfen kratze er sich am Kopf. »Ach, was solls.« Er zog sie ein wenig zur Seite. »Ich muss dir was sagen. Es ist alles ganz anders. Ich arbeite nämlich nicht in einem Autohaus, sondern bin Privatermittler.«

»Du willst mich veräppeln?« Belustigt sah Janneke den jungen Mann an.

»Nein, wirklich nicht. Ich bin wegen Luuk und den anderen hier. Seine Schwägerin, Antje van Dijks Schwester, hat mich beauftragt, mich hier in der Reisegruppe umzusehen. Sie glaubt, dass jemand von Antjes und Luuks Reisebekanntschaften für den Tod ihrer Schwester verantwortlich ist.«

»Jetzt ... also jetzt bin ich aber platt«, stotterte die junge Ostfriesin. »Du bist nur hier, weil du alle ausspionieren willst?«

Adrian nickte. »Antjes Schwester will nicht glauben, dass sich alles so zugetragen hat, wie die Polizei ermittelt hat. Sie traut auch Luuk nicht. Er würde zum Jähzorn neigen, sagt sie jedenfalls.«

»Er hat sich immer unauffällig verhalten. Richtig langweilig«, entgegnete Janneke.

»Das stimmt. Aber trotzdem - wer weiß. Ich hatte mich im letzten Jahr der Gruppe angeschlossen, um etwas über Antjes Tod herauszubekommen. Als die Reise zu Ende war, war ich richtig frustriert, weil ich so gar nichts erfahren hatte. Und dann ist das mit Daniela passiert. Das hat mich total überrumpelt.«

»Hast du denn Kontakt zur Polizei?«

»Ja, und dass ich mich auch für den Tod von Daniela interessiere, liegt ja auf der Hand.«

»Und dein Kontakt bei der Polizei hat dir Danielas Tagebuch zum Lesen gegeben?«

»Ja, einer der Ermittler ... wir sind befreundet. Das ist nicht immer ganz legitim, aber eine Hand wäscht die andere und Informationen sind auf beiden Seiten willkommen.«

»Aber es ist nicht Kommissar Blum?«

»Nein, aber der weiß jetzt auch Bescheid, wer ich bin. Er hat mir auch die näheren Umstände und Befunde von Lottas Treppensturz mitgeteilt.«

»Aber dein Name verrät dich doch. Es braucht ja nur jemand zu googeln und dann weiß man sofort, dass du eine Detektei hast.«

»Adrian ist zwar mein richtiger Name. Aber der Nachname ist falsch. Kowalski heißt meine Steuerberaterin. Ich heiße Fischer.«

»Dann hast du ja Daniela kennengelernt?«, fragte Janneke, immer noch total entgeistert, nach. »Was war sie für ein Mensch?«

»Nett, sie war wirklich nett. Sie las auch gerne historische Romane, genau wie ich. Wir haben uns oft unterhalten, über Gott und die Welt.«

»Ich kenne sie nur durch ihr Tagebuch, obwohl sie die Nichte meiner Nachbarn war. Aber ob ich sie früher jemals getroffen habe, daran kann ich mich beim besten Willen nicht erinnern. Vielleicht, als wir noch Kinder waren.« Sie schüttelte den Kopf. »Was hat sie dir noch erzählt?«

»Zum Beispiel hat sie mir von dem nächtlichen Besuch von Kalle erzählt.« Adrian grinste. »Daniela war richtig stolz darauf, wie sie ihn hat abblitzen lassen. Aber er hatte ihr auch einen gehörigen Schreck eingejagt, als er nachts einfach in ihr Wohnmobil gestiegen ist. Danach hat sie ihre Tür immer fest verschlossen, wenn sie ins Bett gegangen ist.«

»Meinst du, Kalle hat etwas mit ihrem Tod zu tun? Möglich wäre es«, mutmaßte Janneke. »Er hatte vielleicht Angst, sie würde Trudi von seinem nächtlichen Ausflug erzählen. Es kann doch sein, dass er ihr später nur einen Schreck einjagen wollte und sich dann in der Dosierung vertan hat?«

»Zutrauen würde ich es ihm«, bestätigte der Privatdetektiv. »Aber wie könnte man das beweisen?«

»Genau das ist der springende Punkt«, murmelte Janneke. »Adrian, wir müssen uns unbedingt noch ausführlich über die ganze Sache unterhalten. Aber erst muss ich mich noch mal mit Danielas Tagebuch beschäftigen.« Den Schuhladen hatte sie in diesem Moment vergessen.

15. Kapitel

Jeden Vormittag fuhr Tjark de Wall mit einem gemieteten Fahrrad die sechzehn Kilometer von Neßmersiel nach Norden ins Krankenhaus zu Lotta. Dort saß er stundenlang an ihrem Bett, hielt ihre Hand und beobachtete ihre flatternden Augenlider, jeden Moment bereit, seine Frau anzulächeln, sobald sie erwachte.

»Moin, Herr de Wall«, begrüßte ihn Doktor Bärenfänger. »Ich hoffe, Sie haben sich ein wenig beruhigt.«

»Es geht so, aber ich mache mir immer noch große Sorgen«, gestand Tjark. »Glauben Sie wirklich, dass meine Frau wieder vollständig gesund wird?«

»Wenn es keine Komplikationen gibt, wird sicher nichts zurückbleiben. Wie gesagt, Herr de Wall, Sie müssen Geduld haben. Die vielen Blutergüsse, die Schwellungen und die Knochenbrüche brauchen eine Weile, bis sie verheilt sind.«

Tjark blickte zu Lotta. »Sie schläft aber immer noch tief und fest.«

»Wir haben die Dosis so verringert, dass Ihre Frau zumindest kurze Momente wach sein kann«, führte der Mediziner weiter aus. »Unser hauptsächliches Anliegen ist jedoch, dass sie entspannt ist und somit schneller gesund wird.«

»Und die Polizei? Sie ist ja gestoßen worden. Muss meine Frau nicht auch befragt werden?«

Doktor Bärenfänger nickte. »Die Herren waren schon zweimal da, aber ein Gespräch oder irgendeine Art der Kommunikation war nicht möglich.« Er reichte Tjark die Hand. »In diesem Fall ist Geduld gefragt.«

Als Doktor Bärenfänger das Krankenzimmer verlassen hatte, setzte sich Tjark wieder zu seiner Frau, lehnte sich bequem zurück und beobachtete ihr Gesicht.

Er musste eingeschlafen sein. Sein Kopf lag auf der Stuhllehne, als er erschrocken hochfuhr. In seinen Händen kribbelte es. Rhythmisch bewegte er sie, um die Durchblutung anzukurbeln. Lotta lag immer noch bewegungslos da, doch jetzt hatte sie die Augen geöffnet.

»Lotta?« Aufgeregt beugte sich Tjark über seine Frau. »Lotta? Bist du wach?«

Sie reagierte nicht. Er nahm die Klingelschnur und drückte ungeduldig auf den Knopf. »Sie müssen Doktor Bärenfänger benachrichtigen, schnell«, bat er Schwester Menna, die eilig zur Tür hereinkam.

»Ist Ihre Frau wach geworden?« Sie ging zum Krankenbett und zählte die Pulsschläge, indem sie sanft ihren Zeige- und Mittelfinger auf das Handgelenk der Patientin legte. »So weit alles in Ordnung. Frau de Wall? Können Sie mich hören?«

»Sie hat doch die Augen auf«, wandte Tjark ein. »Sie ist doch wach, oder?«

»Ich gebe Doktor Bärenfänger sofort Bescheid«, versprach die Krankenschwester und lief rasch hinaus. Keine zehn Minuten später leuchtete der Arzt mit einer kleinen Lampe in die Augen der Patientin. »Es sieht sehr gut aus. Ihre Frau wird bald wieder ansprechbar sein, aber, wie gesagt, erhoffen Sie sich nicht zu viel. Unser Interesse ist es, dass sie so viel wie möglich schläft.«

Tjark nickte und setzte sich wieder auf den Stuhl. Trübsinnig starrte er dem Arzt nach, der mit einem aufmunternden Lächeln das Krankenzimmer verließ. Tjark biss die Zähne zusammen und schlug mit der geballten Faust in die Handfläche seiner anderen Hand. Er kannte das. Die Menschen in den weißen Kitteln informierten einen nie über die ganze Wahrheit, sondern stellten alles immer harmloser dar, als es in Wirklichkeit war. Seine Frau lag da, gefangen in ihrem Körper, ohne jeglichen Kontakt zur Außenwelt. Nie wieder würde er mit ihr über alltägliche Dinge lachen, zusammen neue Geschäftswege in ihrer Immobilienfirma erspüren oder einfach nur irgendwo an der Küste sitzend auf die Nordsee hinaussehen können. All das würde sicher nie mehr geschehen, dessen war er sich sicher. Tjark schwor sich, wenn er jemals dahinterkommen würde, wer für den tragischen Sturz seiner Frau verantwortlich war, konnte diese Person sicher sein, dass ihr Ähnliches widerfahren würde.

***

»Eigentlich ist unsere gemeinsame Zeit in drei Tagen vorbei«, verkündete Kalle, während er die Grillsteaks mit der Zange wendete.

»Wir können doch jetzt nicht wegfahren«, empörte sich Trudi. »Nicht solange Lotta noch so krank ist.«

»Da muss ich Trudi recht geben«, pflichtete Netti Kalles Frau bei. »Mir läuft zu Hause nichts weg. Also kann ich genauso gut noch hierbleiben.« Auffordernd sah sie in die Runde. Janneke wechselte einen kurzen Blick mit Hinrich, der fast unmerklich nickte. »Wir bleiben auch so lange, bis es Lotta besser geht.«

»Und ihr?« Netti sah abwechselnd Ellen und Bernd an. Sie saß blass und kränklich in ihrem Campingstuhl, er zuppelte unschlüssig an seinem Hemd herum.

»Normalerweise müssten wir unser Geschäft wieder öffnen, aber in Anbetracht der Umstände ...« Er sah seine Frau fragend an, die aber so tat, als habe sie nichts gehört. »Mal sehen, was wir machen«, zog sich Bernd elegant aus der Affäre.

»Also, ich kann auch noch bleiben«, verkündete Luuk. »Ich habe noch eine Woche Urlaub.«

»Adrian, was ist mit dir?« Netti sah ihn auffordernd an.

»Ich habe es nicht eilig«, meinte dieser. »Ich kann auch noch bleiben.«

»Das ist ganz lieb von euch«, freute sich die ehemalige Lehrerin. »Wenn Tjark nachher kommt, wird er froh sein, dass wir ihn nicht alleine lassen.«

Um ihre Reisegefährten aufzuheitern, hatte Netti auf ihrem wackeligen Gaskocher eine große Schüssel Vanillepudding gekocht. »Etwas Süßes hebt die Laune«, sagte sie und stellte die Schüssel auf den Tisch. Alle langten mehr oder weniger zu.

Bevor Adrian später am Abend in seinem Bulli verschwand, beugte er sich zu Janneke herunter. »Wir treffen uns morgen früh?«

Sie nickte wortlos und der Privatdetektiv verkroch sich in sein Auto.

So wie es aussah, hatte seine Auftraggeberin ihren Schwager Luuk van Dijk zu Unrecht verdächtigt, überlegte Adrian. Er ging nicht davon aus, dass Luuk seiner Frau etwas angetan hatte.

Antje van Dijks Schwester hatte zwar gesagt, dass die Ehe mit Luuk die Hölle gewesen war, weil ihr Schwager von regelmäßigen Jähzorn-Attacken heimgesucht wurde. Doch dies konnte Adrian nicht bestätigen, er hatte Luuk als ruhigen, unauffälligen Menschen kennengelernt. Aber vielleicht war er auch nur in Gegenwart seiner Frau ausgerastet?

Adrian genehmigte sich noch ein Bier und legte sich hin.

Doch seine Gedanken fanden keine Ruhe. Dass in einem zeitlich und örtlich so engen Rahmen noch zwei weitere Verbrechen geschehen waren, war sicherlich kein Zufall. Er war fest davon überzeugt, dass die Raubmorde nur vorgetäuscht waren, um den wahren Grund zu verschleiern. Nur - was war dieser Grund? Er konnte kein Motiv erkennen.

Im Halbschlaf hörte er wie Trudi und Kalle laut stritten.

16. Kapitel

Mai 2018. Liebes Tagebuch, Frederik hat doch mehr Einfallsreichtum, als ich dachte. Obwohl ich seine Telefonnummer blockiert habe, bekam ich, allerdings von seinem Geschäftstelefon, weiterhin seine Nachrichten. Eigentlich hätte ich mir das denken können. Meinem ersten Impuls folgend, wollte ich auch diese Nummer blockieren, ließ es dann aber. Meine Neugier, was er denn so von sich geben würde, war größer als mein Wunsch nach Ruhe. Immerhin bemühte er sich um Höflichkeit und fragte an, ob ich nach meiner Rückkehr mit ihm essen gehen wolle, um alles noch mal in Ruhe zu besprechen. Ich antwortete ihm, dass ich daran dächte, mich eventuell in ein oder zwei Monaten mit ihm zu treffen. Er holte seinen ganzen Charme hervor und schwelgte in Erinnerungen an unsere letzte gemeinsame Reise nach Rügen. Ich schrieb ihm provozierend, dass ich die Einzelheiten dieses Ereignisses schon längst aus meinem Gedächtnis verbannt hätte und ihn bäte, auf solche Gefühlsduseleien zu verzichten. Ich war mir ganz sicher, dass ich mit diesem Mann nichts mehr gemeinsam hatte, aber es machte mir tierischen Spaß, ihn ein wenig auf die Palme zu bringen.

Nachdem wir noch ein paar Textnachrichten ausgetauscht hatten, beendete Frederik die Konversation mit den Worten *Du wirst schon sehen, was du davon hast.*

So ein Blödmann! Genervt schaltete ich mein Telefon aus.

Das Ganze hatte mich doch mehr aufgewühlt, als ich dachte. Vergeblich versuchte ich, einzuschlafen. Es war schon fast zwei Uhr, als ich meine Tasche nahm und über den stillen Platz zur Dusche schlich. Gegen gelegentliche Schlaflosigkeit half eigentlich immer lauwarmes Wasser, ein prickelndes Shampoo und anschließend ein eiskalter Aufguss.

Frierend, aber total entspannt kehrte ich in mein protziges Wohnmobil zurück und kroch unter die Bettdecke. Ich war kaum eingeschlafen, als etwas leise an meiner Tür kratzte. Sofort war ich wieder hellwach. Ob Kalle noch einmal versuchte, bei mir vorstellig zu werden? Mit geschlossenen Augen wartete ich ab, aber derjenige hatte sich wahrscheinlich von meiner Tür entfernt. Vorsichtig lugte ich aus dem Fenster und sah eine Gestalt hinter dem Rezeptionsgebäude verschwinden.

Wer da morgens um halb vier über den Platz schlich, konnte ich nicht erkennen, da die Person eine weite Jacke trug. Vielleicht war aber auch alles ganz harmlos und es handelte sich um einen Wohnmobilisten, der zur Toilette wollte, weil er sein eigenes Klo nicht verstänkern wollte?

Zur Sicherheit kontrollierte ich noch mal meine verschlossene Tür und legte mich dann hin. Ich träumte, Frederik würde mit einem Umhang aus schwarzer Seide vor meinem Büro auf mich warten und mir zur Begrüßung mit ausgestrecktem Arm einen Strauß aus schwarzen Tulpen überreichen.

17. Kapitel

»Was mauschelst du denn immer mit dem jungen Kerl aus dem Bulli herum?«, wollte Hinrich von seiner Nichte wissen. Er schnappte sich die Zuckerdose und gab drei Löffel Zucker in seinen Kaffee.

»Was heißt mauscheln?« Mit spitzen Fingern versuchte Janneke, eine Packung Scheibenkäse zu öffnen. »Ich weiß immer nicht, wie das aufgeht.« Sie reichte die Käsepackung ihrem Onkel.

Der nahm ein spitzes Messer, machte einen Kreuzschnitt auf dem Deckel und klappte die Enden auseinander. »Hier, fertig.«

»Das hätte ich auch gekonnt«, meckerte Janneke. »Wie soll man das wieder verschließen? Der Käse trocknet total aus.«

»Dann müssen wir ihn eben jetzt aufessen, dann wird er auch nicht trocken.«

»Mensch Hinrich, ich sag ja immer ...« Janneke hob den Kopf. »Da ist jemand an der Tür.«

»Warte mal.« Hinrich riss die Tür des Wohnmobils auf und sah sich Adrian gegenüber. »Moin.«

»Moin Hinrich.«

»Komm rein«, rief Janneke. »Ich bin gleich fertig.«

»Auch noch einen Kaffee?«, fragte Hinrich, ganz der Gastgeber.

»Nehme ich doch gerne«, freute sich Adrian und nahm die gefüllte Tasse entgegen. »Bei mir im Bulli ist das mit dem heißen Wasser ein bisschen umständlich.«

»Und jetzt?« Hinrich hatte sich ebenfalls gesetzt. »Was heckt ihr beide denn aus?«

Janneke deutete auf Adrian. »Er ist auch wegen Daniela hier.«

»Nicht ganz, eigentlich wegen Luuks Frau«, entgegnete der Privatermittler. »Ich bin eigentlich Privatdetektiv.«

»Ach du Scheiße «, brummte Hinrich. »Janneke hat mich hierhergeschleppt, weil sie der Meinung ist, dass sie herausbekommt, was mit der Nichte unserer Nachbarn passiert ist. Und jetzt noch ein Schnüffler.«

»Aber irgendwas ist doch hier faul«, empörte sich die junge Frau. »Erst kommt Luuks Frau um, dann Daniela und zu guter Letzt wird Lotta schwer verletzt, weil man sie die Betonstufen am Deich heruntergestoßen hat.«

Hinrich wiegte den Kopf hin und her. »Vielleicht wollte jemand an das Geld der Opfer?«

Adrian nickte. »Könnte man meinen. Bei Daniela Graf und Antje van Dijk fehlten Geldbörsen mit Bargeld, Bank -und Kreditkarten, die aber nach der Tat nie benutzt worden sind.«

»Was kann man denn mit den Bankkarten machen, wenn man keine Geheimnummer hat?«, fragte Hinrich nach. Er war der Meinung, dass das ganz Kartengedöns sowieso nur unnützer Kram war. »Mir ist ein realer Geldschein viel lieber.«

»Ohne Geheimnummer kommt man nicht ans Bankkonto, das stimmt«, klärte Adrian auf. »Aber mit den Kreditkarten kann man zum Beispiel alles Mögliche im Internet bestellen. Die Kartennummer und die Prüfzahl stehen ja auf der Karte.«

»Aber niemand hat das gemacht?« Janneke trank den letzten Schluck Kaffee. »Also war das alles nur ein Ablenkungsmanöver, man wollte einen Raubmord vortäuschen.«

Adrian nickte. »Genau das denke ich auch. Aber welches Motiv steckt dahinter? Antje und Daniela waren nicht reich, es gab keine Lebensversicherungen. Die Polizei tappt immer noch Dunkeln, wie mir mein Freund Peter Hallbacher unter dem Siegel der Verschwiegenheit anvertraut hat. Und Lotta de Wall hatte nichts dabei, was man hätte rauben können.«

»Das ist mir alles zu kompliziert«, meinte Hinrich und stellte das Geschirr in die Spüle. »Ihr könnt euch ruhig verziehen, ich mach das hier schon.«

»Soll mir recht sein«, grinste Janneke und verließ, gefolgt von Adrian, das Wohnmobil.

»Wo soll es denn hingehen, ihr Hübschen.« Lächelnd saß Netti vor ihrem Feriendomizil und trank ihren Morgentee.

»Wir laufen nur ein bisschen rum«, gab die junge Ostfriesin Auskunft und zog Adrian mit sich. »Ich bin froh, dass nicht alle schon wieder draußen sitzen.«

Adrian fuhr sich durch die Haare, während sie Richtung Deich gingen. »Ja, es sind immer dieselben Gespräche. Irgendwie sind alle nervös, schließlich lässt es niemanden kalt, dass sich in dieser Reisegruppe drei so schreckliche Ereignisse zugetragen haben.«

»Wobei ich immer noch darüber nachgrübele, ob das alles nur zufällig geschehen ist, oder ob es einen Zusammenhang gibt.«

»Du meinst, dass es einen gemeinsamen Nenner gibt?« Adrian war stehen geblieben und sah Janneke an.

»Ja, irgendetwas, was alle drei Taten gemeinsam haben.« Sie fing an zu humpeln. »Komm, lass uns mal hier hinsetzen.« Sie zeigte auf einen Stapel mit gehobelten Holzbrettern. »Ich habe irgendetwas im Schuh.« Sie zog ihre Schuhe aus und schüttelte ein paar Kieselsteine auf den Boden. Sie hatte Adrians skeptischen Blick bemerkt. »Ehe du was sagst, ja, die Schuhe sind nicht gerade bequem, aber ich kann ganz gut darin laufen. Außerdem ist das für mich bei diesem Paar ein eher flacher Absatz.«

Adrian grinste. »Na ja, fünf Zentimeter sind das schon.«

»Aber er ist breiter als an meinen anderen Schuhen und viel niedriger.«

»Ich verstehe euch Frauen nicht«, überlegte Adrian amüsiert. »Ihr quält euch, nur um schick auszusehen.«

»Das verstehst du wirklich nicht«, zischte Janneke und sprang auf. »Komm, lass uns noch ein Stück gehen.« Sie legte die Hand über ihre Augen, um sich vor der kräftigen Morgensonne zu schützen. »Da vorne ist die Stelle, an der Lotta gestürzt ist.«

»Ja, stimmt.« Adrian war ihrem Blick gefolgt. »Lass uns mal hingehen.«

Ein paar Radfahrer überholten sie auf dem asphaltierten Weg. Schafe grasten friedlich und ließen zwischendurch ein paar schwarze Hinterlassenschaften auf dem Deich zurück.

»Hier ist die Treppe. Ich war schon mal hier, aber Spuren gibt es natürlich keine.« Janneke zählte die Betonstufen, die bis zur Deichkrone reichten. »Achtzehn Stufen. Mal sehen, wie viele es auf der anderen Seite sind.« Sich am Geländer festhaltend erklommen sie den Deich und blickten auf der anderen Seite in einiger Entfernung auf den Sandstrand und das Wattenmeer. Strandkörbe in allen möglichen Farben leuchteten wie bunte Punkte auf dem weißen Strand. Kinder schaufelten den Sand zu Burgen auf, die Väter begossen die Bauwerke mit Wasser, um die Stabilität zu fördern. »Immer wieder schön«, murmelte Janneke. »Riechst du auch den Schlick?«

»Ganz deutlich« stimmte ihr der junge Mann zu. »Ich kann mir gut vorstellen, dass es Lotta gefallen hat, am Abend auf diese Idylle zu blicken, vor allem, wenn die meisten Gäste den Strand wieder verlassen hatten und es ruhig war.«

Prüfend blickte Janneke auf die breiten Stufen aus Beton. »Zwanzig Stufen. Es ist ein Wunder, dass sie diesen Sturz überhaupt überlebt hat. Sie ist ja mit voller Wucht mit dem Hals auf das Geländer geprallt.«

»Lass uns mal etwas ausprobieren.« Adrian nahm Janneke am Arm und drehte sie so, dass sich die beiden gegenüberstanden. Er umfasste mit seiner rechten Hand ihren linken Arm. »So muss es gewesen sein. Meine vier Finger sind auf der Rückseite deines linken Armes und mein Daumen vorne. Wenn ich jetzt ganz fest zupacke ...«

»Jetzt hilft es uns, dass Lotta blutverdünnende Medikamente eingenommen hat«, erinnerte Janneke ihren Begleiter. »Deshalb haben sich die markanten Blutergüsse gebildet.«

»Stimmt. Dadurch können wir die Situation gut nachvollziehen. Aber es bleibt die Frage, weshalb die Person Lotta so fest am Arm gepackt hat«, grübelte Adrian.

Janneke überlegte kurz. »Sie haben sich gestritten und der Täter wollte sie daran hindern, wegzulaufen.«

»Okay«, spann Adrian den Gedankengang weiter. »Nehmen wir an, diese Person hat den Griff gelockert. Jetzt dreh dich um, als wolltest du über die Deichtreppe nach unten rennen.«

Janneke tat, was er sagte und wandte ihm den Rücken zu. Adrian hob seinen Fuß und deutete einen Fußtritt an. »Ja, so könnte es gewesen sein. Wenn ich jetzt fest zutreten würde, hättest du keine Chance und würdest kopfüber nach unten stürzen.«

»Ich glaube, viel Kraft muss man nicht aufwenden, um durch einen Fußtritt den Sturz herbeizuführen.« Mit einem Seufzer ließ sich Janneke auf eine der Treppenstufen nieder. »Es kann so ziemlich jeder gewesen sein. Wir können aber mit Sicherheit davon ausgehen, dass Lotta die Person von Angesicht zu Angesicht gesehen hat.«

»Wir müssen nur noch warten, bis sie wach wird. Und das wird sicherlich bald sein«, hoffte Adrian.

»Und was ist mit Daniela?«, überlegte Janneke weiter. »Vielleicht ist der verschmähte Verlobte für ihren Tod verantwortlich?«

»Für die Tatzeit hat er ein lückenloses Alibi. Das weiß ich von meinem Freund.« Adrian zog seine Sonnenbrille aus der Brusttasche seines Hemdes und setzte sie auf. »Außerdem kannte er Lotta und Antje nicht. Es gibt also keinerlei Verbindung.«

»Wahrscheinlich werden wir nie erfahren, was passiert ist«, prophezeite Janneke mit einer resignierten Handbewegung. Ihr Blick fiel auf einen Knopf, der zwischen die Stufe und die Grasnarbe gerutscht war. Sie zog ihn raus und wog ihn in der flachen Hand. Es war ein weißer Knopf mit gelben Punkten. »Den hat sicher ein Kind verloren«, meinte sie und ließ ihn in die Tasche ihres Rockes gleiten.

***

Wie an jedem Tag seit Lottas Unfall war Tjark nach Norden geradelt, um am Bett seiner Frau Wache zu halten. Lotta konnte auf Grund der Kanüle in ihrem Hals immer noch nicht sprechen, wirkte aber von Tag zu Tag wacher. Er war seinen Reisegefährten dankbar, dass sie ihn nicht alleine ließen, obwohl die zehntägige gemeinsame Reisezeit vorbei war.

Lottas Atem ging regelmäßig. Hin und wieder hatte sie in den vergangenen Tagen die Augen geöffnet und ihren Mann angesehen. Heute Morgen aber hatte Tjark das Gefühl, dass Lotta ihn auch erkannte. Sie folgte ihm mit ihrem Blick, als er zum Waschbecken ging, um die mitgebrachten Blumen ins Wasser zu stellen.

Tjark ließ sich vor dem Krankenbett auf die Knie nieder und näherte sein Gesicht seiner Frau. »Lotta? Kannst du mich erkennen?«

Sie schloss kurz die Augen und öffnete sie sofort wieder.

»Heißt das, du weißt, wer ich bin?« Tjarks Stimme klang hoffnungsvoll. »Warte, warte ...«, stammelte er aufgeregt. »Wenn du *Ja* meinst, mach die Augen einmal kurz zu. Und wenn du *Nein* meinst, schließe die Augen zweimal kurz hintereinander.«

Lotta schloss einmal kurz die Augen.

»Also das bedeutet Ja«, interpretierte er Lottas Bewegung. Sein Hals fühlte sich trocken an. »Du weißt, wer ich bin?«

Lotta bejahte. Tjark ballte vor Freude die Fäuste. »Ich muss sofort Doktor Bärenfänger Bescheid sagen«, rief er und lief aus dem Krankenzimmer. Im Stationszimmer traf er Schwester Menna. »Sie hat mich erkannt«, freute sich Lottas Ehemann. »Sie hat mich tatsächlich erkannt.«

Schwester Menna lächelte. »Das ist super, Herr de Wall. Sobald Doktor Bärenfänger wieder zurück ist, sage ich ihm Bescheid. Einstweilen will ich mal nach Ihrer Frau sehen.«

Sie folgte dem aufgeregten Mann und betrat leise das Krankenzimmer.

»Frau de Wall?« Die Krankenschwester legte eine Hand auf das Handgelenk der Patientin und zählte die Pulsschläge. »Alles in Ordnung. Frau de Wall, können Sie mich hören?«

Lotta de Wall schloss kurz die Augen.

»Das heißt Ja«, erklärte Tjark. »Einmal schließen heißt Ja.«

»Ich freu mich für Sie«, sagte die Schwester. »Sobald Doktor Bärenfänger auftaucht, schicke ich ihn zu Ihrer Frau.« Sie legte tröstend ihre Hand auf den Arm des Mannes. »Es wird sicher alles wieder gut.« Leise verließ sie den Raum.

»Ja, es wird sicher alles wieder gut«, murmelte er und schob seinen Stuhl ganz nah an das Bett seiner Frau. »Lotta, kennst du denjenigen, der dich gestoßen hat?«

Lotta schloss zweimal kurz hintereinander die Augen.

»Hast du diese Person schon mal gesehen, auch wenn du nicht weißt, wer es ist?«

Sie signalisiert Nein.

»Könntest du diese Person beschreiben?«

Wieder Nein.

»Aber, man hat dich doch festgehalten«, sagte Tjark und wurde immer unruhiger. »Du musst doch etwas wissen?«

Lotta schloss wieder zweimal ihre Augen.

Tjark stöhnte. »Kannst du dich an den Sturz erinnern?«

Lotta verneinte.

Sie weiß sicher überhaupt nicht, was geschehen ist, mutmaßte Tjark. Er sprang auf und sah aus dem Fenster. Nur mit Mühe konnte er seine wirren Gedanken ordnen. Lotta weiß also nicht, wieso sie so verletzt ist. Er wandte sich wieder seiner Frau zu. »Also, du kannst dich an nichts erinnern?«

Lotta verneinte seine Frage.

»Du weißt aber, dass du hier in der Klinik bist, aber nicht warum?«

Wieder Nein.

Er seufzte und nahm wieder ihre Hand. »Du bist wie jeden Abend spazieren gegangen und am Deich hat man dich überfallen. Unglücklicherweise bist du die Treppe hinuntergestürzt. Dein Kehlkopf ist verletzt, deshalb hast du die Kanüle am Hals. Und die Knochenbrüche ...«

In diesem Moment betrat Doktor Bärenfänger das Zimmer. »Moin, ich habe schon gehört, dass Ihre Frau Kontakt mit Ihnen aufgenommen hat.«

»Ja«, bestätigte Tjark, »aber sie kann sich an nichts erinnern.«

Der Arzt beugte sich über die Patientin und lächelte sie an. »Ich bin Dr. Bärenfänger. Schön, dass Sie wieder bei uns sind. Ich schaue mir nur kurz Ihre Augen an«, informierte er sie, hob nacheinander beide Augenlider und prüfte die Pupillen. »So weit ist alles in Ordnung, Frau de Wall. Sie sind auf einem guten Weg.«

Tjark räusperte sich. »Kommt das wieder? Ich meine die Erinnerung?«

Doktor Bärenfänger hob kurz die Schultern. »Diese Frage kann ich nicht abschließend beantworten. Es ist möglich, dass uns Ihre Frau irgendwann genau erzählen kann, was sich ereignet hat, aber es ist auch möglich, dass diese Erinnerung für immer und ewig ausgelöscht ist.«

Tjarks Knie gaben nach und er ließ sich erschöpft auf den Stuhl fallen. Lotta sah ihm dabei mit unbewegter Miene zu.

***

»Du hast aber wieder mal eine Laune«, meckerte Kalle und sah Trudi missmutig an, während beide in ihrem Wohnmobil am Frühstückstisch saßen. »Du bist doch sonst immer so scharf drauf, ein paar Tage an der Nordsee zu verbringen.«

»Wenn du dich erinnerst, wohnen wir in der Stadt Norden und die liegt bekanntlich an der Küste«, entgegnete sie scharfzüngig.

Er lachte gekünstelt. »Für was machen wir dann seit Jahren das ganze Affentheater?« Umständlich zündete er sich ein Zigarillo an, pustete den Rauch mit leicht geöffneten Lippen stoßweise heraus und sah seine Frau abwartend an.

»Du meinst diese Reise hier?« Sie lächelte süffisant.«

»Ja, genau das meine ich. Wir sind von Ort zu Ort gezogen, nur damit du zufrieden bist.«

»Ha, dass ich nicht lache«, rief Trudi. »Es war doch eher so, dass du dich ungehindert an Weiber ranmachen wolltest, deshalb haben wir uns hier aufgehalten.« Sie beugte sich über den Tisch und boxte ihn mit der Faust in seinen voluminösen Bauch. »Aber du mit deiner Schwabbelwampe hast da ja keinen Erfolg.« Sie stieß einen spitzen Schrei aus. »Aber unermüdlich, wie du bist, hast du es immer wieder versucht.«

Gekränkt zog er sein Hemd glatt. »Jetzt gehst du aber zu weit. Es ist ja nicht so, dass ich überhaupt nicht bei Frauen ankomme. So ist es ja nun wirklich nicht.«

»Ja, Erfolg hattest du manchmal«, unterbrach Trudi ihn. »Das hat man ja gesehen. Deine Schlampe in Wien muss blind gewesen sein.«

»Also hör mal.«

»Damals warst du ja noch ein wenig schlanker«, giftete sie. »Aber trotzdem. Das mit dem Kind vergesse ich dir nie.«

Er senkte ein wenig den Kopf. »Aber Trudi, du weißt doch, dass ich nichts dafürkann. Die Fanny hat damals ... es war nach dem Heurigen. Der Wein da unten ist derart stark, dass man nicht mehr weiß, wo oben und unten ist.«

»Quatsch, zum Kindermachen hat deine Kraft noch gelangt«, triumphierte sie und verschränkte die Arme. »Und dass du es weißt, ich lasse mich scheiden. Nächste Woche habe ich einen Termin bei meinem Anwalt. Und dann ist die ganze Sache mit unserem Reisebüro sowieso nur noch Geschichte.« Sie stand auf und schob sich mühsam aus der Sitzecke. »Und mit meiner Hälfte des Geldes mache ich eine Boutique auf.«

Kalle starrte seine Frau mit offenem Mund an. »Aber wieso? Wir haben uns doch immer so gut verstanden?«

Trudi nahm das Geschirr vom Tisch und stellte es unsanft in die Spüle. »Das hast du aber nur gedacht. Außerdem lügst du. Ich habe dich heimlich beobachtet. Ich möchte nicht wissen, was du vor der Menschheit verbirgst.«

»Ich verberge etwas?« Er klopfte sich auf die Brust. »Dass ich nicht lache.«

Trudi warf das noch geöffnete Marmeladenglas ebenfalls in die Spüle. Betont langsam drehte sie sich um. »Ich habe gesehen, dass du in der Nacht, als Daniela vergiftet wurde, nicht in deinem Bett lagst«, flüsterte sie. »Obwohl du bei der Polizei ausgesagt hast, dass du die ganze Nacht hier verbracht hast.«

Auf seiner Stirn bildeten sich zwei tiefe Falten. Er brummte etwas Unverständliches und verließ das Wohnmobil. Mit zusammengekniffenen Augen sah Trudi ihm nach. Es wurde Zeit, dass sie sich von allem löste, ehe sich möglicherweise herausstellte, dass sie mit einem Mörder verheiratet war.

***

Die Hände hinter seinem Kopf verschränkt, saß Franz Teerling in seinem Büro.

Es hatte ihn einiges an Kraft gekostet, sein Geschäft aufzubauen. Die beiden Wohnmobilstellplätze in Carolinensiel und Neßmersiel konnten sich sehen lassen. Er hatte jede Toilette, jedes Waschbecken und jede Steckdose persönlich installiert, die Wände der Duschen gefliest, die Platten auf dem Parkplatz vor der Rezeption verlegt und nach jahrelanger Rackerei die beiden heruntergekommenen Plätze zu Touristenmagneten herausgeputzt.

Er ließ seinen Blick durch den Raum schweifen und stieß dabei einen anerkennenden Pfiff aus. Wer hätte das gedacht, schwelgte er in Erinnerungen, dass aus ihm, dem Knastbruder, der dankenswerterweise im Bau die Gelegenheit gehabt hatte, einen handwerklichen Beruf zu erlernen, mal ein erfolgreicher Geschäftsmann werden würde.

Gedankenverloren dachte er an sein Elternhaus in dem kleinen Kaff im ostfriesischen Hinterland zurück, wo er ausschließlich mit der plattdeutschen Sprache aufgewachsen war. In der Schule wurde er zum ersten Mal mit Hochdeutsch konfrontiert und kam damit erst gar nicht zurecht. Seine Schulzeit hatte er mehr schlecht als recht durchlaufen und war immer einer der Letzten gewesen. All das hatte dazu geführt, dass der kleine Franz auf anderem Wege versucht hatte, sich die nötige Anerkennung zu verschaffen.

Sein mangelndes Selbstbewusstsein hatte ihn später dazu gebracht, sich auf die blöde Sache mit dem Überfall einzulassen. Obwohl er nicht für den Tod des Wachmanns verantwortlich war, hatte er sein Leben damals an die Wand gefahren.

Teerling stand nun am Fenster und beobachtete seine Gäste, die vor ihren Wohnmobilen in der Sonne saßen. Grinsend wippte er auf seinen Zehen auf und ab. Er verfügte jetzt über eine gehörige Portion Selbstwertgefühl. Die dunklen Zeiten waren vorbei, zum größten Teil jedenfalls. Hin und wieder wich er vom Pfad der Tugend ab, aber nur ein klein wenig. Die unentgeltliche Mitnahme von Kleinigkeiten aus dem Baumarkt sah er eher als Wiedergutmachung an für die Entbehrungen, die er während seiner Zeit im Gefängnis erleiden musste. In Bezug auf Frauen fehlte ihm jedoch die nötige Leichtigkeit. Immer wieder versuchte er, sich ihnen zu nähern, harmlos und auf nette Art, die aber bei der weiblichen Gesellschaft nicht so gut ankam. Ein paarmal war er deshalb in große Schwierigkeiten geraten.

Im letzten Jahr, als ihn die dumme Kuh Daniela aus Bremen vor der Dusche so abblitzen ließ, war er sehr gekränkt gewesen. Brennende Eifersucht war in ihm aufgeflammt, als er nach seinem letzten Kontrollgang über den Platz mitbekommen hatte, wie ein Mann nachts ihr Wohnmobil betrat. Wer es war, hatte er in der Dunkelheit nicht erkennen können. Später war sie tot und er fühlte eine gewisse Genugtuung. Er sah ihren Tod als ausgleichende Gerechtigkeit für ihre Arroganz an.

***

»Ich habe Sie hierhergebeten, um zu erfahren, ob Ihnen in der Zwischenzeit etwas eingefallen ist. Etwas, was uns bei den Ermittlungen eventuell weiterhelfen könnte.« Kommissar Blum strich sich mit beiden Händen über seine enganliegenden Haare und sah Adrian und Janneke abwechselnd an.

Sie saßen in Aggis Tee-Contor in Neßmersiel, nachdem Kommissar Blum Adrian angerufen und um dieses Treffen gebeten hatte. Janneke hatte ihn gebeten, sie mitzunehmen und er hatte schließlich zugestimmt. Kommissar Blum schien sich an ihrer Anwesenheit nicht zu stören.

Adrian trank den letzten Schluck seines Ostfriesentees, indem er seinen Kopf weit nach hinten neigte und anschließend das halb aufgeweichte Kluntje zwischen seinen Zähnen zermalmte.

Janneke bemerkte Blums Ungeduld. »Tjark de Wall hat gestern Abend erzählt, dass seine Frau jetzt auf ihn reagiert, aber sich an nichts erinnern kann«, sagte sie, »Sie haben aber sicher mit dem behandelnden Arzt gesprochen?«

»In der Tat«, bestätigte der Kommissar. »Doktor Bärenfänger ist zuversichtlich, dass sich Frau de Wall vollständig erholt. Aber ob die Erinnerung später wiederkommt, vermag er nicht zu sagen. Es geschehe aber hin und wieder, dass alles von einem Moment auf den anderen wieder präsent sei.«

Der Privatermittler hatte seine Tasse abgestellt und stützte seine Ellenbogen auf den Tisch. »Nehmen wir mal an, der Täter bekommt mit, dass Lotta wieder wach ist und kommunizieren kann. Es besteht doch die Gefahr, dass er versucht, sie zum Schweigen zu bringen, damit sie keine weiteren Angaben zu seiner Person machen kann.«

»Auch wenn sie diese Person zwar gesehen hat, aber nicht kennt«, ergänzte Janneke.

Blum nickte. »Eine Personenbeschreibung wird sie auf alle Fälle abgeben können. Schließlich hat sie den Täter direkt angeblickt. Ich hatte Ihnen ja die Details dargelegt.«

»Ja, unter der Voraussetzung, dass sie sich wieder erinnert«, sagte Janneke. »Und ich denke, es ist gut möglich, dass sie diese Person kennt.«

»Aber wer sollte das sein?«, warf Adrian ein. »Meinst du, jemand aus der Reisegruppe?«

»Das muss nicht zwangsläufig sein. Wir sind ja nicht die einzigen Menschen, die sich hier aufhalten. Es könnte jemand sein, den Lotta aus Bremen kennt und sie sind sich hier begegnet.«

Blum zückte sein Notizbuch und schlug es auf. »Wir haben alle Gäste auf dem Stellplatz befragt, die Strandkorbvermieter und Urlauber, die sich eventuell am Abend, in der Nacht und am Morgen in der Nähe der Deichtreppe aufgehalten haben. Nichts, es konnte niemand auch nur den Hauch einer Angabe machen.«

»Ich weiß nicht«, murmelte Janneke. »Wenn ich mir vorstelle, wie Lotta spät abends durch die Gegend läuft - niemand sonst ist normalerweise um diese Zeit auf den Beinen. Wenn sich ihr ein vollkommen Fremder genähert hätte, wäre sie doch schnell weggelaufen. Ich bin mir fast sicher, sie hat die Person gekannt und sie deshalb ganz nah an sich herangelassen.«

»Das wäre durchaus denkbar«, stimmte ihr Adrian zu. »Zumindest kann man es nicht vollständig ausschließen.

»Sie selbst haben also nichts Verdächtiges oder Ungewöhnliches gesehen oder gehört?«, versuchte Blum noch einmal, Informationen von den beiden jungen Leute zu bekommen.

Janneke schüttelte den Kopf. »Mir ist nichts aufgefallen. Gut, ein wenig gedrückt ist die Stimmung schon, weil alle großes Mitgefühl mit Lotta und Tjark haben, aber ansonsten benehmen sie sich ganz normal.«

Adrian nickte. »Das kann ich nur bestätigen. Ich habe meiner Auftraggeberin bereits mitgeteilt, dass es keine Hinweise gibt, dass der Tod ihrer Schwester etwas mit dieser Reisegruppe zu tun hat, denn ich könnte auf keinen Fall irgendeine Person benennen, die verdächtig wäre.«

»In Ordnung«, sagte der Kommissar und verstaute sein kleines Notizbuch wieder in seiner Jackentasche. »Ich wollte auch nur noch einmal sichergehen, dass ich nichts übersehen habe.« Er räusperte sich. »Ist Ihnen bekannt, dass der Inhaber der Stellplätze, Franz Teerling, ein verurteilter Straftäter ist? Eigentlich dürfte ich Ihnen das gar nicht erzählen, aber in Anbetracht der Tatsache, dass wir mit den Ermittlungen feststecken, finde ich diese Vorgehensweise durchaus legitim.«

Adrian und Janneke sahen ihn erstaunt an und schüttelten beide den Kopf.

»Ich glaube auch nicht, dass das jemand von der Reisegruppe weiß«, sagte die junge Ostfriesin. »Kalle und Trudi kennen ihn ja schon eine Weile und haben niemals etwas davon erwähnt und normalerweise erzählen sie alles von jedem weiter.«

»Nach meinen Beobachtungen verhält er sich ganz normal«, ergänzte Adrian. »Gut, er ist ein etwas außergewöhnlicher Zeitgenosse, aber das alleine ist ja nicht strafbar.«

Janneke dachte an Danielas Tagebucheintrag, in dem sie schilderte, wie Teerling ihr aufgelauert hatte. Sie sagte aber nichts, denn sie war der Ansicht, dass Blum nicht unbedingt wissen musste, dass sie Danielas Buch mit eigentlich harmlosen Einträgen gelesen hatte. Sie wollte einfach etwaigen Nachfragen entgehen.

»So weit, so gut.« Blum winkte der Bedienung und beglich die Rechnung. »Ich werde das jetzt mit meinen Vorgesetzten besprechen, inwieweit es notwendig ist, das Krankenzimmer von Frau de Wall überwachen zu lassen.«

»Ich würde das nicht für übertrieben halten«, urteilte Janneke. »Ich bin immer noch davon überzeugt, dass es jemand ist, den Lotta kennt, auch wenn wir nicht wissen, wer das sein könnte und warum das alles geschehen ist.«

Adrian nickte zustimmend. »Vorsicht ist in diesem Fall besser als Nachsicht.«

»Ich werde Sie gegebenenfalls informieren. Und bitte, halten Sie weiter die Augen offen.« Mit einer knappen Verbeugung verabschiedete er sich von Janneke und Adrian und verließ das Café.

***

»Die ganze Schnüffelei bringt doch nichts«, stöhnte Adrian, als sie wenig später am Hafen von Neßmersiel saßen. »Alles nur Makulatur. Wir wissen überhaupt nichts, ja, noch nicht einmal einen klitzekleinen Verdacht bei den drei Fällen haben wir.«

Janneke nickte. »Geschweige denn eine Ahnung von möglichen Motiven, denn dass die Raubmorde nur vorgetäuscht waren, liegt ja auf der Hand. Sag mal, hat dir dein Freund bei der Polizei, du weißt schon, der dir ein paar Infos verraten hat, also hat der erwähnt, ob man die Geldbörsen mit den Bank- und Kreditkarten irgendwo gefunden hat?«

»Nein, die sind nirgendwo aufgetaucht. Wer weiß, wo der Täter die entsorgt hat.«

»Mist«, ärgerte sich die junge Ostfriesin. »Da kann man nichts machen, die könnten überall sein.«

»In der Nordsee zum Beispiel.«

»Oder er hat sie in ein Hafenbecken geworfen, irgendwo hier an der Küste.« Janneke atmete tief durch. »Das war es dann eben.« Sie sah Adrian an. »War die Schwägerin von Luuk sehr enttäuscht, dass du nichts herausgefunden hast?« Janneke kannte das, nicht immer kam man zu einer befriedigenden Lösung.«

»Ja, sie ist richtiggehend sauer« bestätigte der Privatdetektiv. »Ich glaube aber, der Hauptgrund für ihren Verdacht gegen den Ehemann ihrer Schwester war der, dass sie ihren Schwager überhaupt nicht ausstehen kann.«

»Ja, manchmal läuft man ins Leere. Im Grunde genommen bin ich Danielas Spuren auch nur gefolgt, weil sie die Nichte von Jan und Elsie war. Sonst hätte ich mich vielleicht nicht auf dieses Abenteuer eingelassen. Es gibt entspanntere Aktivitäten, als mit meinem Onkel Hinrich in einem alten Wohnmobil durch die Lande zu reisen. Das Tagebuch hätte ich dann vielleicht in Ruhe zu Hause gelesen und mir dann meine Gedanken gemacht.«

»Das kann ich mir gut vorstellen, so hibbelig wie dein Onkel ist«, lachte Adrian. »Aber du schreibst doch Krimis? Sind es nicht solche Dinge, die deine Fantasie anregen?«

»Doch, derartige Sachen erregen immer meine Aufmerksamkeit und dann konstruiere ich einen Kriminalfall. Manchmal sind es auch zwei oder drei Ereignisse, die ich miteinander kombiniere.« Janneke schmunzelte. »Ich habe mal in einer Zeitschrift einen Artikel gelesen, dass eine Frau eine Flugreise nach Sydney im Internet gebucht hatte. Sie hatte sich aber vertan und landete später in Sidney in Amerika. Das habe ich benutzt und einen Mordfall konstruiert, in dem eine Person im falschen Flugzeug sitzt und von dem Mörder verwechselt wurde.«

»Jetzt hast du ja genug Informationen für ein nächstes Buch«, grinste Adrian. »Aber es ärgert mich, dass man so gar nichts herausbekommt.«

»Ja, es ist frustrierend«, stimmte ihm Janneke zu. »Ich wüsste aber auch nicht, in welche Richtung man noch gehen könnte.«

»Stimmt, es ist echt zum ...« Adrians Handy machte sich bemerkbar. Nach ein paar knappen Worten beendete er das Gespräch. »Ich muss morgen weg. Ein spannender Auftrag in einer Rederei. Der wird sehr ordentlich bezahlt und das Geld kann ich gut gebrauchen. Hier kann ich nichts mehr tun.«

Janneke versuchte, ihre Enttäuschung zu verbergen. Adrian war ein angenehmer Zeitgenosse und der Austausch mit ihm hatte ihr gut gefallen. »Ja, da kann man nichts machen. Ich denke, wenn es Lotta wieder etwas besser geht, werden wir alle wieder nach Hause fahren. Es waren schöne Tage an der Nordsee, abgesehen von Lottas Treppensturz.« Sie kramte in den Tiefen ihrer großen Handtasche. »Ich gebe dir mal meine Handynummer.« Sie reichte ihm die Visitenkarte. »Solltest du noch irgendetwas von Kommissar Blum oder von deinem Freund bei der Polizei erfahren, rufst du mich an. Versprochen?«

Später, gegen Abend, als alle um den Grill herumsaßen, teilte Adrian den anderen aus der Reisegruppe mit, dass er aus beruflichen Gründen am nächsten Tag abreisen müsse. Diese Ankündigung des vermeintlichen Autoverkäufers wurde mit großem Bedauern zur Kenntnis genommen.

»Das ist wirklich schade«, sagte Netti. »Du hast den Altersdurchschnitt der Gruppe ordentlich nach unten gedrückt.«

Sogar Ellen nickte zustimmend, sagte aber nichts, sondern beschäftigte sich weiter mit ihrer Strickarbeit.

Luuk spendierte zum Abschied eine Flasche Kräuterschnaps, während Netti für die Damen in der Runde eine große Schachtel mit Nusskrokantpralinen hervorholte.

Janneke verabschiedete sich früh von der Gruppe. »Wir sehen uns morgen früh noch, Adrian.« Sie winkte ihm kurz zu und bestieg das Wohnmobil. Es war Zeit, den letzten Eintrag in Danielas Tagebuch zu lesen.

18. Kapitel

Mai 2018. Liebes Tagebuch, langsam nähert sich mein Aufenthalt an der Küste dem Ende. Ich freue mich auf meine Arbeit in Bremen und auf meine Kolleginnen. Endlich habe ich wieder Zeit, mit Evi und Sylvia um die Häuser zu ziehen. Den ewig nörgelnden, um Aufmerksamkeit bettelnden Frederik bin ich ja nun los. Bin ich erleichtert? Diese Frage kann ich nicht abschließend mit Ja beantworten. Schließlich waren wir jahrelang zusammen gewesen und es waren ja auch schöne Zeiten darunter. Ich habe für mich beschlossen, erst einmal alles auf mich zukommen zu lassen.

Gestern Abend, Tjark und Lotta hatten frischen Fisch zum Grillen besorgt, begann auf einmal jemand über die perfekte Ehe zu philosophieren. Ich hielt mich natürlich zurück. Netti war der Ansicht, dass es auf der ganzen Welt keine glückliche Ehe gäbe. Deshalb habe sie auch immer Abstand von diesem fragwürdigen Bündnis genommen.

Tjark nahm Lottas Hand und drückte sie. »Perfekt nicht, aber nahezu mustergültig«, sagte er schmunzelnd. Trudi und Kalle blickten mit zusammengepressten Lippen in verschiedene Richtungen. Adrian sah mich augenzwinkernd an und sagte gar nichts. Luuk hingegen behauptete, seine Ehe mit Antje wäre oder Fehl und Tadel gewesen, was mit allgemeinem Gemurmel kommentiert wurde.

»Du kannst das leicht sagen«, bellte Kalle. »Deine Frau kann dem ja nicht mehr widersprechen.« Trudi gab ihm einen Rippenstoß und tippte sich an die Stirn.

»Also wirklich, Kalle«, ermahnte Netti ihn. »Das war alles andere als sensibel.« Sie blickte Bernd an, der sich angelegentlich mit ein paar Fischgräten beschäftigte. »Und du sagst gar nichts?«

»Nein«, erwiderte er und schob seinen Teller zur Seite. »Zu diesem Thema kann ich gar nichts sagen.«

Ellen sah ihn giftig an und schob ihren Strickkorb ein Stück weiter. Sie schwieg beharrlich und ließ ihre Stricknadeln laut klappern.

Nach einem kleinen Moment betretenen Schweigens fing Luuk an zu sprechen und erzählte ein paar Anekdoten aus seinem Leben als Finanzbeamter.

Ich war immer der Meinung gewesen, dass man in diesem Bereich nichts Humorvolles erleben könne, aber Luuk belehrte uns eines Besseren. Nach einiger Zeit hatten wir Bauchschmerzen vor lauter Lachen.

Später beschloss ich, eine heiße Dusche zu nehmen. Mein Nacken fühlte sich total verspannt an. Das kam bestimmt durch den Ärger mit Frederik. Das heiße Wasser tat mir gut. Ich föhnte meine Haare und setzte mich anschließend vor dem Haus auf eine Bank. Mit geschlossenen Augen und wohlig entspannt genoss ich die milde Abendsonne.

Jemand setzte sich neben mich. Ich schreckte auf und sah Bernd, der vornübergebeugt neben mir saß. »Jetzt bin ich aber erschrocken«, murmelte ich.«

»Das wollte ich nicht«, entschuldigte er sich zerknirscht.

Ich setzte mich aufrecht hin und sah ihn von der Seite an. Er sah krank aus und nicht erholt, wie man es nach ein paar Urlaubstagen an der Nordsee vermuten würde. »Gehts dir nicht gut?«

Er brummte etwas Unverständliches.

»Vorhin das Thema ... das mit der perfekten Ehe, hat dich ganz schön mitgenommen. Habe ich recht?«

Er seufzte. »Ja, es ist alles nicht so, wie es scheint.«

»Also ist es bei euch nicht so gut?«, fragte ich vorsichtig nach. »Ich will nicht zu neugierig sein.«

»Nein, du hast ja recht.« Bernd sah nach oben. »Mit Ellen ist es zurzeit wieder schwierig.«

Ich nickte. »Ja, man merkt ihr an, dass sie psychisch angeschlagen ist. Aber das wird bestimmt wieder besser«, versuchte ich, ihn zu trösten. Mir tat er leid. Ich kenne ihn zwar kaum, aber ich glaube, er ist ein verlässlicher Partner. Manche

Frauen würde so einen Mann als langweilig bezeichnen, ich hingegen denke, dass Bernd der geborene Familienmensch und mit seinem Leben eigentlich zufrieden ist.

»Im Grunde genommen ist alles in Ordnung«, erzählte er. »Wenn nur nicht Ellens Eifersucht wäre. Sie sieht Konkurrenz, wo gar keine ist. Ich getraue mich schon gar nicht mehr, ein weibliches Wesen auch nur anzuschauen.«

»Egal wie du dich verhältst, es ist verkehrt?«, fragte ich nach und dachte wieder an Frederik, bei dem ich manches Mal auch nicht gewusst hatte, wie ich mich verhalten sollte. Das war auf die Dauer sehr anstrengend gewesen.

»Stimmt, ich bin echt ratlos.« Er machte eine resignierte Bewegung.

»Ach Bernd, es tut mir echt leid.« Ich legte meinen Arm um ihn und zog ihn ein bisschen zu mir. »Irgendwann ist es wieder besser«, flüsterte ich und sah auf.

In etwa zwanzig Meter Entfernung stand Ellen und sah zu uns rüber. Ihren Gesichtsausdruck konnte ich nicht deuten, aber ihre starre Haltung sprach Bände. Ich sprang auf. »Ich muss jetzt ...«, nuschelte ich und lief zu meinem Wohnmobil. Im Geiste sah ich Ellen, wie sie ihren Mann in die Mangel nahm, weil ich ihm zu sehr auf die Pelle gerückt war.

Lächerlich war das und ich hoffe, dass Bernd seiner Frau vermitteln konnte, dass alles ganz harmlos und freundschaftlich gemeint war.

Eilig begann ich, meine Sachen zu packen. Mein abgeschaltetes Handy, welches immer noch in der sehr aufdringlichen Hülle mit rosarotem Rosenmuster steckt, stopfte ich in meine Handtasche. Frederik kann mir gestohlen bleiben. Morgen gehts nach Hause und dann habe ich endlich wieder meine Ruhe.

19. Kapitel

Adrian brach am nächsten Morgen früh auf. Janneke nahm ihm noch einmal das Versprechen ab, sich sofort zu melden, wenn er noch irgendeine Neuigkeit erfahren würde.

Tjark schwang sich auf sein Fahrrad und fuhr nach Norden ins Krankenhaus, nicht ohne zu versichern, wie erleichtert er sei, dass Lotta wieder wach war.

Hinrich verrichtete seine Routinearbeiten, leerte den Toilettenbehälter und füllte Frischwasser auf.

»Ich habe Erwin angerufen und ihm gesagt, dass wir noch ein paar Tage bleiben«, informierte Hinrich seine Nichte.

»Und war er damit einverstanden?«

»Na ja, erst hat er ein wenig rumgezickt. Aber als ich ihm dann versprochen habe, das olle Wohnmobil ein wenig auf Vordermann zu bringen, hat er freudig zugestimmt.«

»Was willst du denn hier noch restaurieren?« Janneke betrachtete skeptisch die abgenutzten Aluminiumblenden um die Fenster und den matten Türrahmen des Feriengefährts.

Hinrich grinste. »Machen braucht man nicht viel. Da hilft ein wenig Pflege.« Er griff in die Schublade der Anrichte und holte ein Tube Zahncreme eines Discounters hervor.

»Meinst du, es hilft, wenn du dir die Zähne putzt?« Janneke wusste ja, dass ihr Onkel auf die merkwürdigsten Ideen kam, aber jetzt war sie doch ratlos und hatte keine Ahnung, was er vorhatte.

»Warte«, meinte der Rentner, griff nach einem Küchentuch, öffnete die Tube, drückte ein wenig von der Zahnpaste heraus. Hingebungsvoll begann er nun, den blinden Türrahmen zu polieren, der, zu Jannekes Erstaunen, bald strahlte, als hätte man ihn eben erst montiert.

»Das habe ich von meiner Mutter«, grinste Hinrich. »Die hat alles mit Zahncreme wieder zum Blinken gebracht.«

»Das kenne ich auch«, sagte eine Frau, die plötzlich hinter ihnen stand. »Moin, ich habe auch immer ein paar Tuben Zahncreme zu Hause im Putzschrank.«

»Siehst du«, sagte Hinrich zu seiner Nichte gewandt. »Ich bin nicht der Einzige, der das weiß.«

»Verzeihen Sie bitte, dass ich störe«, entschuldigte sich die Frau. »Wir stehen mit unserem Wohnmobil am Ende des Platzes.« Sie hob eine große, bauchige Glasflasche hoch. »Heute Nacht sind wir Großeltern geworden. Deshalb laufen wir jetzt hier rum und bieten allen anlässlich der Geburt des neuen Erdenbürgers ein bisschen von unserem Kinnertön an.«

Sie öffnete die Flasche und füllte zwei mitgebrachte Gläschen mit Branntwein, in den Rosinen eingelegt waren. »Das habe ich alles zu Hause schon vorbereitet«, erklärte sie. »Wir haben ja stündlich mit der Geburt gerechnet. Und außerdem müssen sich die Rosinen schön mit dem Branntwein vollsaugen, sonst ist da ja nix.«

»Au ja, das ist was Leckeres am frühen Morgen«, freute sich Hinrich und trank das hochprozentige Getränk. Janneke nippte kurz daran und ließ den Rest hinter ihrem Rücken ins Gras laufen, ehe sie der stolzen Großmutter das leere Glas reichte.

»Viel Freude mit ihrem Enkelkind«, beglückwünschte sie die neue Oma. »Wie heißt es denn?«

»Aaltje«, schwärmte sie. »Obwohl mein Schwiegersohn bald die Krise bekommen hat. Er ist der Ansicht, dass sich so ein ostfriesischer Vorname in München nicht so gut macht. Aber meine Tochter hat sich durchgesetzt.«

»Och, das sieht man heute nicht mehr so eng. Die Welt ist ja viel enger zusammengerückt«, meinte Hinrich.

Die Oma nickte noch kurz und klopfte an Kalles Wohnmobil.

»Ich gehe mir mal die Hände gründlich waschen.« Janneke hob ihre Hände. »Ich habe mir von dem Kinnertön etwas über die Hand geschüttet und stinke jetzt wie eine Kneipe.«

Hinrich beschäftigte sich wieder mit dem Wassertank und brummte nur etwas vor sich hin.

Langsam stöckelte Janneke zu den Waschräumen. Sie vermisste Adrian und die Ausarbeitung der verschiedensten Theorien, die sie in den vergangenen Tagen entwickelt hatten.

Franz Teerling war gerade dabei, einen neuen Handtuchspender zu montieren. »Moin. Ich bin gleich weg, dann kannst du in die Dusche.«

»Moin Franz, ich wollte mir nur die Hände waschen.« Sie sah, dass ihm der Schweiß auf der Stirn stand, als er mit aller Anstrengung die Schrauben in die Dübel drehte.

»So 'n Schiet aber auch«, stöhnte er und warf schließlich den Schraubenzieher in seine Werkzeugkiste.

»Hast du keinen Akkuschrauber?«

Er lachte zynisch. »Den hat mir irgend so ein Arsch geklaut. Wenn ich den erwische ...!« Er ruckelte ein wenig an dem Handtuchspender. »Hält aber fest«, befand er dann und verließ grummelnd den Waschraum.

Janneke wusch sich gründlich die Hände und zog zwei Papierhandtücher vorsichtig aus dem gerade montierten Behälter.

»So geht das nicht weiter«, hörte sie Bernds gedämpfte Stimme durch das gekippte Fenster. »Entweder du machst eine Therapie oder ...«

Auf Zehenspitzen lief Janneke zum Fenster und stellte sich mit dem Rücken an die Wand.

Ellen und Bernd standen offensichtlich vor dem Haus und stritten sich. Sie gingen sicher davon aus, dass sie unbeobachtet waren, vermutete die junge Ostfriesin und verhielt sich still, um ja kein Geräusch zu machen. Es wäre ihr mehr als peinlich, wenn die beiden sie hier entdeckten.

»Oder was ...? Ellens Stimme klang dunkel, gar nicht mehr so fiepsig wie sonst.

Bernd holte tief Luft. »Ich will auch mal was alleine machen«, versuchte Bernd seiner Frau zu erklären. »Du siehst ja, wie weit wir gekommen sind. Manchmal will ich einfach meinen Gedanken nachhängen oder mich mit anderen Leuten unterhalten.«

»Ja, bevorzugt mit der Kleinen mit den Stöckelschuhen«, giftete Ellen. »Ich habe dich beobachtet, wie du ihr hinterhergesehen hast.«

Janneke war perplex, bis jetzt hatte sie nur ein paar Worte mit Bernd gewechselt. Das passte aber genau zu Danielas letztem Tagebucheintrag. Ellen war offensichtlich krankhaft eifersüchtig.

»Weißt du was«, zischte Bernd. »Ich habe bald die Nase voll. Ich geh jetzt einkaufen und du lässt mich in Ruhe.«

»Wie du meinst«, fauchte Ellen. »Ich wollte mich sowieso hinlegen.«

Janneke hörte, wie sich Schritte entfernten. Obwohl das Ehepaar Vermeer sonst einen ruhigen Eindruck machte, konnten sie ganz schön austeilen. Aber vielleicht waren die beiden auch nur nervös wie der Rest der Reisegruppe, denn es wusste immer noch niemand, wer für Lottas tragischen Treppensturz verantwortlich war und ob sie jemals wieder ganz gesund werden würde.

***

Hinrich hatte inzwischen fast alle Aluminiumteile an Erwins Wohnmobil bearbeitet und stand mit verschränkten Armen davor. Mit einem zufriedenen Grinsen betrachtete er sein Werk.

»Alle Achtung«, lobt ihn Janneke, als sie zurückkam. »Das hätte ich nicht gedacht, dass man mit Zahncreme so weit kommt.«

»Ich muss noch hinten ein Teil polieren und dann bin ich fertig.« Hinrich säuberte mit einem alten Lappen seine Finger.

»Na dann, weiterhin viel Vergnügen«, lachte Janneke und tauschte die High Heels gegen ihre bequemen Schuhe. »Ich leihe mir Kalles Klappfahrrad und fahre nach Norden ins Krankenhaus.«

»Du willst zu Lotta?«

»Ja, ich denke, ich sollte mal nach ihr sehen.«

Kalle überließ ihr gerne eines seiner Klappräder und Janneke machte sich auf den Weg. Der Wind kam von See her und die frische Meeresluft stieg ihr in die Nase, während sie kräftig in die Pedale trat.

Wenn Adrian noch da wäre, dann hätten sie sicher die Taten aufgedeckt, davon war sie überzeugt. Er hatte durch seinen Freund Zugang zu internen Informationen der Polizei, sie aber hatte nur Danielas Tagebuch mit unwesentlichen Details und die Fakten, die sie der Zeitung oder dem Internet entnehmen konnte. Sie nahm sich vor, alles noch einmal zu überprüfen, wenn auch ohne Hoffnung, auf etwas Neues zu stoßen. Aber dies war wesentlich besser, als nichts zu tun.

Vor dem Krankenhaus in Norden stellte sie das Rad ab und verschloss es sorgfältig. An der Pforte erfuhr sie, in welchem Stockwerk Lotta lag und nahm die Treppe zum zweiten Obergeschoss.

»Entschuldigen Sie bitte, wäre es möglich, dass ich Frau de Wall besuchen kann?«, sprach sie eine der Krankenschwestern an, die ihr entgegenkam. »Ich bin eine Freundin von ihr. Mein Name ist Janneke Hoogestraat.«

Schwester Menna zögerte kurz. Ihr Blick ging an Janneke vorbei und fiel auf einen Uniformierten, der gerade die Station betreten hatte. »Moin Menna, alles im grünen Bereich?«

»Ja, Klaas, alles ruhig«, antwortete die Schwester. Der Polizist tippte kurz an seine Mütze und ging zurück Richtung Treppenhaus.

Janneke hatte die Szene mit Erstaunen beobachtete und sah die Schwester an. »Das war ja hoher Besuch.«

»Wenn Sie eine Freundin von Frau de Wall sind, dann wissen Sie ja, dass die Patientin Opfer eines Überfalls war«, erklärte Menna der Besucherin. »Die Polizei guckt hier mehrmals täglich rein, ob auch alles in Ordnung ist.« Sie sah sich um. »Warum das so gehandhabt wird, weiß ich auch nicht«, raunte sie, »aber Doktor Bärenfänger hat uns das so mitgeteilt. Wir sollen die Augen offenhalten.«

»Das ist nie verkehrt«, stimmte Janneke zu. »Kann ich zu Frau de Wall rein?«

Die Schwester zögerte, nickte dann jedoch. »Ja, aber nur kurz. Ihr Mann ist auch schon da.« Sie zeigte auf eine Tür schräg gegenüber dem Schwesternzimmer. »In Nummer vierzehn liegt sie, gehen Sie nur rein.«

Janneke bedankte sich und klopfte an die Tür des Krankenzimmers.

Tjark hob erstaunt den Kopf, als er sie erblickte. »Du? Wie kommst du denn hierher?«

»Mit dem Rad. Ich wollte mal nach Lotta sehen. Wie geht es ihr denn heute?«

Tjark wiegte den Kopf hin und her. »Sie sieht mich an und hin und wieder kann sie durch die Bewegung ihrer Augenlider mit Ja oder Nein antworten. Sie schläft aber immer wieder ein.«

»Und das funktioniert?«

Tjark nickte. »Wenn Lotta einmal die Augen schließt, heißt das Ja, für Nein macht sie zweimal die Augen zu.«

»Und reden geht immer noch nicht?«

»Nein, die Kanüle«, er zeigte auf seinen Hals, »die muss noch drinbleiben, bis alles vollständig abgeheilt ist. Und die Hände ... Aber das siehst du ja selbst. Alles ist noch vollständig bandagiert. Da ist nichts zu machen.«

»Aber irgendwann wird sie bestimmt alles wieder machen können, so wie früher«, tröstete Janneke den Mann.

»Wenn du jetzt hier bist, kann ich ja mal in die Cafeteria gehen und in Ruhe einen Kaffee trinken«, sagte Tjark. »Mir ist heute so schwummerig. Ich glaube, wir bekommen ein Gewitter.«

»Ja, geh nur.« Janneke setzte sich auf den Stuhl neben Lottas Bett, auf dem vorher Tjark gesessen hatte. »Ich bleibe so lange hier sitzen, bis du zurückkommst.«

»Danke, das ist nett von dir.« Er legte sanft seine Hand auf Jannekes Schulter und verließ leise das Krankenzimmer.

Janneke lehnte sich zurück und sah Lotta an, die ruhig in ihrem Bett lag. Ein paar Verkehrsgeräusche drangen von draußen herein, ansonsten hörte man so gut wie nichts. Die blauen Vorhänge waren etwas zugezogen und tauchten das Zimmer in ein mildes, kühles Licht. Entgegen Jannekes Vorstellung roch es hier nicht nach Putz- oder Desinfektionsmittel, sondern ein leichter Zitrusduft schwang durch den Raum.

Lotta sah blass aus. Ihre Wangen waren eingefallen. Wenn sie nur reden könnte, dachte Janneke, wenn sie nur sagen könnte, wer ihr das angetan hat. Die Augenlider der Patientin begannen zu flattern, langsam öffnete Lotta die Augen. Ihr Blick ging unruhig hin und her, bis er an Janneke hängenblieb, die sich jetzt zu ihrer Urlaubsfreundin vorbeugte und in Lottas geöffnete Augen sah.

»Lotta«, flüsterte die junge Frau und legte eine Hand auf die Bettdecke. »Ich wollte doch mal nach dir sehen.«

Lotta schloss einmal kurz die Augen und sah dann wieder Janneke an.

»Tjark hat mir erzählt, dass du dich mit ihm und den Schwestern verständigen kannst. Das ist doch schon mal ein Anfang.«

Lotta schloss kurz die Augen. Ihr Blick wanderte dann zur Tür. Janneke folgte ihrem Blick. »Wenn ich nur wüsste, was du meinst ...« Sie stand auf und sah sich um. Neben der Tür hing ein eingerahmtes Kalenderblatt. Ein blauer Strandkorb stand auf einer Wiese, im Hintergrund war die Weite der Nordsee zu erkennen.

»Ach, ich verstehe ... an der Nordsee. Du willst sicher wissen, wie es den anderen geht? Also, Netti sitzt immer noch vor ihrem kunterbunten Wohnmobil und verköstigt uns mit Tee oder Pudding. Luuk erzählt immer noch seine Witze. Trudi und Kalle streiten hin und wieder ... Ja, eigentlich alles wie immer.«

Janneke setzte sich wieder und legte ihre Hand auf die bandagierte Hand der Patientin. »Tjark hat gesagt, dass du gar nicht mehr weißt, was passiert ist. Irgendwann kannst du dich vielleicht wieder erinnern«, überlegte Janneke. »Aber vielleicht ist es besser so, wenn du nichts mehr davon weißt.«

Lotta schloss zweimal kurz hintereinander ihre Augen.

»Das heißt Nein. Meinst du, es ist besser, dass du dich eines Tages erinnern kannst?«

Lotta antwortete mit Ja.

»Du willst dich erinnern ...?«, murmelte Janneke. »Ja, das kann ich verstehen.« Sie stand auf und sah aus dem Fenster. Ein paar Besucher spazierten mit ihren Angehörigen durch den Park, ließen sich auf den Bänken am Rande der Wege nieder und unterhielten sich. Sie wandte sich wieder der Patientin zu, die sie jetzt durchdringend ansah. »Du willst mir etwas zu verstehen geben?«

Lotta schloss einmal kurz ihre Augen.

Janneke nickte. »Wenn ich nur wüsste … kannst du dich an gar nichts mehr erinnern? Lotta, hast du denn gar keine Idee, wer dich gestoßen hat?« Sie strich Lotta übers Gesicht. »Entschuldige bitte, dass ich so nachfrage, aber ich bin von Natur aus neugierig.«

Lotta schloss einmal die Augen.

Janneke war überrascht. »Das heißt Ja, also ist dir klar, wer für deine Verletzungen verantwortlich ist?«

Die Patientin beantwortete auch diese Frage mit einem Ja.

»Das ist ja ein Ding«, stöhnte Janneke und sah Lotta an. »Was mache ich denn jetzt?« Sie war total beunruhigt und beugte sich noch mal zu Lotta runter. »Weißt du schon länger, was passiert ist?«

Lotta verneinte, ihr Gesicht hatte sich gerötet.

»Also noch nicht lange?«, übersetzte Janneke Lottas Antwort. »Ruh dich ein bisschen aus. Es bringt ja nichts, wenn du dich jetzt aufregst.«

Lotta schloss die Augen. Janneke beobachtete sie und hatte nach ein paar Minuten den Eindruck, dass sie eingeschlafen war. Aufgeregt grübelte Janneke darüber nach, auf welchem Wege man Lotta noch befragen könnte. Eine Möglichkeit wäre es, eine Liste mit Namen von möglichen Tätern zu erstellen und das Opfer einfach der Reihe nach zu fragen, ob sich die gesuchte Person darunter befinde. Janneke ging aber davon aus, dass die Ärzte zum jetzigen Zeitpunkt solch eine Aktion sicher verbieten würden, denn Lotta war alles andere als stabil.

Die Tür öffnete sich und Tjark kam herein. »Na, ihr zwei Hübschen, wie geht es euch?«

»Sie schläft jetzt«, flüsterte Janneke und zog Tjark mit zum Fenster. »Sie hat sich mit mir unterhalten. Du weißt schon, Ja und Nein.«

»Das klappt ganz gut«, freute sich Lottas Ehemann. »Manchmal interpretiere ich etwas falsch, aber im großen Ganzen läuft das.«

»Soviel ich verstanden habe, kann sie sich jetzt erinnern«, teilte ihm Janneke mit.

Tjark verzog das Gesicht. »Ob das gut ist, dass sie weiß, was geschehen ist? Bis jetzt hatte ich immer gehofft, alles würde für immer im Dunkeln bleiben.«

»Ich denke, dass dies erst später wichtig ist.« Sie sah zu der schlafenden Lotta. »Der Arzt wird sicherlich noch nicht erlauben, dass jemand sie jetzt befragt.«

»Das würde ich auch nicht zulassen«, antwortete Tjark mit Bestimmtheit. »Das wäre für Lotta zu viel.«

»Ich werde jetzt wieder zurückfahren«, erklärte Janneke. »Es ist schön, dass es mit Lotta bergauf geht.«

Tjark nickte. »Ja, ich bin auch total erleichtert. Hoffentlich regt sie sich nicht so auf, aber wir werden sehen.«

Er begleitete Janneke zur Tür. »Bis später.«

Auf dem Heimweg konnte sich die junge Frau kaum auf den Straßenverkehr konzentrieren. Alle möglichen Gedanken schwirrten durch ihren Kopf. Was wusste Lotta? Kannte sie den Übeltäter gut? War es jemand aus der Gruppe oder jemand, den alle anderen nicht kannten? Warum war das überhaupt geschehen?

Nassgeschwitzt kam Janneke am Wohnmobilstellplatz an. »Ich geh gleich mal duschen«, rief sie Hinrich zu, der immer noch dabei war, alle möglichen Teile von Erwins Wohnmobil aufzuhübschen.

Das warme Wasser entspannte ihre Muskeln. Sie wusch ihre Haare, massierte eine Haarkur ein und setzte sich mit einem Handtuch um den Kopf danach vor dem Haus auf die Bank.

Trudi kam vorbei, eine Einkaufstüte in der Hand. »Guck mal, ein Schnäppchen.« Sie zog ein kornblumenblaues Kleid aus der Tüte und hielt es sich unter das Kinn. »Zum Glück war das noch in meiner Größe da.« Sie stopfte das Kleid wieder in die Tüte und setzte sich neben Janneke. »Hinrich hat gesagt, dass du zu Lotta ins Krankenhaus wolltest?«

»Ja, war ich auch. So wie es aussieht, geht es ihr ganz gut«, berichtete Janneke. »Sie kann mithilfe ihrer Augen auf Fragen mit Ja oder Nein antworten.«

»Gott sei Dank«, freute sich Trudi. »Wenigstens ein Lichtblick.« Sie fummelte an ihrer Uhr rum. »Ich denke, das sind gute Nachrichten. Ich glaube, in ein zwei oder zwei Tagen können wir hier unsere Zelte abbrechen. Lotta geht es ja besser und ich muss mich dringend um meine Zukunft kümmern.«

»Was heißt das denn?«, fragte Janneke nach.

»Scheidung, ich werde mich um meine Scheidung kümmern«, zischte Trudi und erhob sich. »Mehr kann ich dazu nicht sagen. Wir sehen uns später.«

Verblüfft über diese Nachricht sah Janneke wortlos Trudi hinterher, die zielstrebig zu ihrem Wohnmobil lief. Nachdenklich ging sie dann wieder in den Duschraum, um die Haarkur auszuspülen.

Am Nachmittag versuchte Janneke ein wenig an ihrem Manuskript zu arbeiten. Sie ließ ihre Protagonistin mit dem Fahrrad stürzen und verfrachtete sie anschließend in ein Krankenhaus.

Tjark kam zurück und erzählte allen, dass es Lotta gut gehe. Netti umarmte ihn und bereitete zur Feier des Tages einen Obstsalat zu. Kalle guckte grimmig aus der Wäsche, während Trudi fröhlich über die Witze von Luuk lachte.

Bernd und Ellen aßen gegrilltes Gemüse, Hinrich vertilgte mehrere Bratwürste. Janneke wusste, dass ihr Onkel Bratwürste liebte, aber sie wusste auch, dass er dann später meist unter Bauchschmerzen litt.

Es wurde spät an diesem Abend. Zwei Urlaubsgäste aus dem Wohnmobil, welches auf dem Platz stand, wo vorher Adrians Bulli gestanden hatte, brachten ihre Ukulele mit und stimmten Seemannslieder an.

Janneke war zufrieden, denn es hatte den Anschein, dass sich alles irgendwie zum Guten wenden würde.

In der Ubbo-Emmius-Klinik in Norden machte sich indessen Hektik breit. Lotta de Wall bekam am späten Abend hohes Fieber und erlitt zwei Stunden später eine schwere Hirnblutung. In den frühen Morgenstunden verstarb Tjarks Ehefrau nach einer erfolglosen Operation an den Folgen des Sturzes an der Deichtreppe in Neßmersiel.

***

Man hatte Tjark sofort benachrichtigt, der in Begleitung Luuks nach Norden aufgebrochen war. Franz Teerling hatte ihnen angeboten, sie mit seinem Auto zum Krankenhaus zu bringen.

Kalle, der Tjarks überstürzten Aufbruch und den Grund mitbekommen hatte, weckte nacheinander die anderen, um ihnen die schlechte Nachricht zu überbringen.

Netti fing an zu weinen und wollte sich überhaupt nicht mehr beruhigen. Ellen verkroch sich wieder in ihr Bett.

Hinrich kochte eine Kanne Kaffee und versorgte alle mit dem belebenden Getränk. Dann saßen sie mit versteinerten Gesichtern vor Nettis Wohnmobil.

»Gestern haben wir uns noch so gefreut«, stammelte Trudi. »Und jetzt ist sie tot.«

Nach einem kargen Frühstück brachen Trudi und Janneke zu einem Strandspaziergang auf. »Das wird uns guttun«, meinte Kalles Ehefrau. »Spätestens morgen bin ich hier weg. Lotta können wir nicht mehr beistehen. Was wird Tjark jetzt machen?«

»Kalle hat doch gesagt, dass er mit Tjarks Bruder gesprochen hat und dieser wollte am späten Nachmittag in Norden sein.« Janneke fröstelte trotz des sommerlichen Wetters.

Trudi nickte und ergänzte: »Luuk will Tjark auch zur Seite stehen. Schließlich weiß er am besten, wie es sich anfühlt, wenn die eigene Ehefrau gestorben ist.«

»Dann ist Tjark gut aufgehoben«, seufzte die junge Frau. »Ich denke, dass wir auch morgen früh die Segel streichen.«

Schweigend liefen die beiden Frauen nebeneinander her. Janneke beobachtete zwei Kitesurfer, die sich bemühten, ihre großen Schirme im Wind zu halten. Von weitem sah sie die Fähre nach Baltrum, die die zahlreichen Urlauber auf die kleine ostfriesische Insel beförderte.

»Ich denke, wir sollten umkehren«, schlug Janneke vor. Das Wissen, dass Lotta genau gewusst hatte, wer sie so zugerichtet hatte und es niemandem mehr hatte mitteilen können, nagte an ihr. Sie wollte schnellstmöglich noch ein paar Dinge im Internet recherchieren.

Hinrich lag in einem Liegestuhl und schnarchte, als sie zurückgekehrte.

Leise schlich sich Janneke an ihm vorbei, holte ihren Laptop hervor und startete ihn. Sie nahm sich vor, nacheinander alle Namen ihrer Mitreisenden in eine Suchmaschine einzugeben, um zu sehen, ob es irgendwelche Ungereimtheiten gab. Einen anderen Anhaltspunkt hatte sie nicht. Es konnte jeder sein, dem Lotta an diesem Morgen begegnet war.

Janneke begann mit Franz Teerling. Er war der Einzige, der ihres Wissens mit dem Gesetz in Konflikt gekommen war. Aber sie fand nur Teerlings Webseite mit Informationen über die beiden Stellplätze in Carolinensiel und Neßmersiel.

Die Suche nach Luuk van Dijk blieb vollkommen ergebnislos. Bei Netti fand sie ein altes Foto von der Homepage ihrer früheren Schule. Lotta und Tjark wurden als Inhaber einer Immobilienfirma in Bremen genannt. Lotta war Inhaberin eines Accounts auf einer bekannten Social-Media-Plattform. Alle Einträge waren harmlos, wobei sie das letzte Statement vor gut anderthalb Jahren veröffentlicht hatte.

Das war ja nicht sehr ergiebig, dachte Janneke frustriert. Sie gab den Namen Bernd Vermeer ein und landete auf einer informellen Webseite des Bioladens. Außer ein paar Hinweisen zu entsprechenden Telefonbucheinträgen fand sie nichts Bedeutendes. Bei Ellen Vermeer stieß Janneke auf ein paar Bilder eines Frauenvereins, welcher ein Hoffest auf einem Biobauernhof in Greetsiel veranstaltet hatte. Sie erblickte eine fröhlich lachende Ellen, die damals ein wenig fülliger gewesen war als heute. Laut Bildunterschrift handelte es sich um Fotos von einem Fest, das vor zehn Jahren stattgefunden hatte. Ellen sah irgendwie ganz anders aus, wunderte sich Janneke. Zehn Jahre waren ja auch ein etwas größerer Zeitraum, in dem sich die Menschen oft gravierend veränderten. Sie klickte auf eines der Fotos, das nun vergrößert dargestellt war. Damals hatte Ellen viel längere Haare gehabt, die allem Anschein nach mit Henna rot gefärbt waren. Sie trug einen langen Jeansrock und eine dicke gelbe Strickjacke, die sie sorgfältig mit vier Knöpfen verschlossen hatte. »Das ist ja merkwürdig«, raunte Janneke und sah sich das Bild noch genauer an. Die Knöpfe an Ellens Strickjacke waren weiß mit gelben Punkten. Janneke lief zum Schrank und zog ihren Rock heraus. Sie griff in die Tasche und nahm den Kopf heraus, den sie an der Deichtreppe gefunden hatte. Noch einmal überprüfte sie, ob es sich tatsächlich um den gleichen Knopf handelte. »Bingo«, murmelte sie und speicherte das Bild ab.

***

Hinrich war aus seinem Mittagsschlaf erwacht und durchwühlte den Kühlschrank nach etwas Süßem. »Bist du am Arbeiten?«, wollte er von seiner Nichte wissen, die immer noch nachdenklich vor ihrem Computer saß.

»Nee, ich wollte, aber irgendwie läuft es heute nicht so.« Sie verließ das Wohnmobil und traf Trudi vor deren Wohnmobil. Sie hatte bereits begonnen, ihre Sachen zu packen.

»Du bist ja fleißig.«

Trudi stöhnte. »Ja, ich bin froh, wenn ich das alles hinter mir lassen kann.«

»Hast du gesehen, ob Tjark und Luuk wieder zurück sind?«

»Franz kam eben und hat gesagt, dass Tjarks Bruder in Norden eingetroffen ist. Er nimmt Tjark dann direkt mit nach Hause.«

»Und Tjarks Wohnmobil?«

Trudi stopfte ein paar Schuhe in einen Leinenbeutel. »Franz schließt es ab und verwahrt den Schlüssel. Er hat gesagt, es kann so lange stehen bleiben, bis Tjark es abholt.«

»Das ist ja nett von ihm ...«, meinte Janneke. »Und Luuk? Sein Wohnmobil steht ja auch noch hier?«

»Der ist von Norden aus direkt nach Hause gefahren. Ihm war das alles zu viel. Er wird sein Gefährt die nächsten Tage abholen.«

Janneke sah einen Mann näherkommen. »Schau mal, da kommt Adrian.«

»Moin, ihr Zwei« begrüßte der die beiden Frauen. »Ich habe schon gehört, was passiert ist. Das tut mir für Tjark sehr leid.« Er nahm Janneke am Arm. »Kommst du mal ein Stück mit?«

»Ja, lauft noch ein bisschen zum Strand«, rief Trudi. »Bald ist der Zauber hier vorbei.«

***

»Wieso bist du zurückgekommen?«, wollte Janneke von dem jungen Mann wissen. Nur mit Mühe konnte sie seinem schnellen Schritt folgen.

»Ich habe dir doch versprochen, dass ich mich melde, wenn ich etwas Neues höre.«

»Da bin ich aber gespannt.« Sie blieb stehen und sah Adrian an. »Aber zuerst muss ich noch was loswerden. Im Internet bin ich auf ein paar Gruppenfotos von einer Veranstaltung auf einem Biobauernhof in Greetsiel gestoßen. Auf einem der Fotos habe ich Ellen erkannt. Sie trägt darauf eine Strickjacke mit weißen Knöpfen mit gelben Punkten. Die Jacke ist meines Erachtens handgestrickt und keine Massenware. Die Knöpfe für die handgestrickten Sachen muss man extra zum Beispiel in einem Kurzwarengeschäft kaufen. Wir haben doch einen Knopf an der Deichtreppe gefunden. Du erinnerst dich?«

Adrian runzelte die Stirn. »Stimmt, du hast vermutet, dass es sich um einen Knopf von einem Kleidungstück eines Kindes handeln würde.«

Janneke nickte. »Meiner Meinung nach handelt es sich um einen Knopf von Ellens Strickjacke, denn es wäre ein unglaublicher Zufall, dass sich jemand mit den gleichen Knöpfen hier in der Gegend aufhält. Also war Ellen an der Treppe. Aber wann? Sie geht so gut wie nie spazieren, sondern sitzt vorm Wohnmobil und strickt. Oder sie liegt in ihrem Bett und liest.«

»Wir können also annehmen, dass sie irgendwann mal dort war und den Knopf verloren hat.«

»Genau das ist es. Irgendwann.« Janneke hob resigniert die Schultern. »Jetzt erzähl doch mal, was du noch für Neuigkeiten hast?«

»Komm, wir gehen noch ein Stück weiter«, schlug Adrian vor. »Also, ich habe auch noch ein paar interessante Informationen. Meinen Freund bei der Polizei hatte ich gebeten, noch einmal zu forschen, ob einer oder eine unserer Reisegefährten schon einmal mit dem Gesetz in Konflikt gekommen ist. So eine Art Hintergrundinformation.«

»Und hat er etwas gefunden?«

»Ja, zum einen saß Franz Teerling längere Zeit im Gefängnis, aber das ist uns ja bereits bekannt. Er hatte mit ein paar Komplizen einen Überfall begangen, wobei ein Wachmann zu Tode gekommen ist.«

»Auf die Idee, dass er so eine Vergangenheit hat, würde man sicherlich nie kommen, wenn man ihm begegnet. Obwohl Franz schon ein sehr spezieller Typ ist. Meinst du denn, er hat mit den Morden und Lottas Treppensturz etwas zu tun?«

»Nein, das glaube ich nicht wirklich. Der Giftanschlag auf Daniela Graf passt so gar nicht zu ihm. Aber wer weiß?«

»Er wurde ja sicher im Rahmen der Ermittlungen befragt«, meinte Janneke. »Wenn sich da Verdachtsmomente ergeben hätten, wären die Ermittler sicher schon tätig geworden.«

»Da stimme ich dir zu«, entgegnete Adrian, »aber es gibt noch etwas anderes.«

»Jetzt bin ich aber gespannt.«

»Es geht um Ellen Vermeer. Sie hat sich vor Jahren mit einer Frau aus der Nachbarschaft geprügelt. Sie ist mit einem Schirm auf die Frau los.«

»Du meinst unsere Ellen?«, fragte sie erstaunt.

»Ja, genau die. Die Nachbarin hatte es gewagt, Bernds Schal, den sie vor dem Haus der Vermeers gefunden hatte, an die Türklinke des Ehepaars zu hängen.«

»Aber das ist doch kein Anlass für eine Prügelei?«

»Doch, für eine eifersüchtige Frau schon. Ellen hat behauptet, Bernd hätte den Schal nach einem Schäferstündchen bei der Nachbarin vergessen. Sie hat sofort das Nachbarhaus gestürmt und die Nachbarin attackiert. Nur mit Mühe konnte Bernd seine Frau davon überzeugen, dass sie sich irrte. Das Opfer hatte, obwohl sie eine Platzwunde an der Stirn davongetragen hatte, Verständnis gezeigt und die Anzeige zurückgezogen.«

»Das heißt doch«, überlegte Janneke, »dass die sanfte Ellen doch sehr aggressiv werden kann. Du hast doch auch Danielas Tagebuch gelesen?«

»Ja schon, aber ich habe die Einzelheiten nicht mehr im Kopf.«

»Daniela schreibt in ihrem letzten Eintrag, dass sie sich mit Bernd unterhalten hat. Die beiden saßen vor dem Haus, in dem sich die sanitären Anlagen befinden. Irgendwann hat sie Bernd umarmt, weil er ihr leidtat. Er hatte Daniela von dem Verhalten seiner Frau berichtet. Ellen kam dazu und war wohl nicht sehr erfreut über Danielas Nähe zu ihrem Ehemann.«

»Und was schließt du daraus?«

»Es reichen ja wohl offensichtlich ein vergessener Schal oder ein harmloses Gespräch, welches ihr Ehemann mit einer anderen Frau führt, und Ellen verliert die Kontrolle.«

»Nun ja«, murmelte der junge Mann. »Möglich wäre es. Aber was nützt uns das jetzt?«

»Gar nichts«, gab Janneke entmutigt von sich. »Alles nur Mutmaßungen und Theorien.« Sie fuhr sich durch die Haare. »Lass uns zurückgehen. Mir ist nach einer Tasse Tee. Den letzten Tag möchte ich noch genießen.«

Schweigend liefen die beiden zum Platz zurück. Netti winkte ihnen schon von weitem zu. »Kommt mal her. Ich habe Erdbeerkuchen besorgt, der muss weg. Morgen früh ist hier der große Aufbruch.« Sie zeigte auf den Tisch, wo eine Teekanne und Tassen schon warteten. »Adrian, komm setzt dich.«

»Danke Netti«, antwortete er und setzte sich neben die ehemalige Lehrerin. »Ich wollte mal nach euch sehen.« Er sah sich um. »Sind die anderen schon weg?«

»Nein«, entgegnete Netti und füllte die Teetassen ihrer Gäste. »Kalle und Trudi sind einkaufen. Hinrich sitzt vorne bei Franz und spielt eine Runde Schach. Wo Ellen und Bernd sind, weiß ich nicht.«

»Die sind in den Bioladen im Ort«, rief Hinrich, der sich gerade näherte. »Oh, lecker Erdbeerkuchen. Haste noch ein Stück?«

»Klar doch«, schmunzelte Netti. »Setz dich.« Sie schob Hinrich einen Teller mit Kuchen hin. »Tee?«

»Aber immer«, freute sich Hinrich. »Und du, Adrian, was macht dein neuer Auftrag?«

»Läuft ganz gut. Aber es ist viel Arbeit.« Er stieß Hinrich leicht an. »Sag mal, was hast du denn mit dem Wohnmobil angestellt? Das glänzt ja so.«

»Zahncreme, so heißt das Zauberwort. Mein Kumpel Erwin wird schön staunen. Ich habe das als Dank dafür gemacht, weil er uns sein Gefährt kostengünstig zur Verfügung gestellt hat.«

Janneke saß, den Blick nach unten gerichtet, auf Nettis Campingstuhl und grübelte über die vergangenen Ereignisse nach. Sie rief sich Ellens Gesicht vor Augen. Konnte es wirklich sein, dass diese stille, offensichtlich psychisch angeschlagene Frau derart die Kontrolle verlieren konnte, dass sie eine junge Frau vergiftete oder eine Mitreisende am Strand mit einem schweren Gegenstand erschlug und ihr das Leben nahm? War es möglich, dass Ellen ihrer Reisefreundin Lotta einen Fußtritt verpasst hatte, sodass diese eine Betontreppe hinunterstürzte und letztlich daran gestorben war? »Ihr entschuldigt mich einen Moment?«, nuschelte Janneke und stand auf. »Ich bin sofort wieder da.«

»Okay«, brummte ihr Onkel und wandte sich wieder Adrian und Netti zu.

Janneke sah sich noch einmal kurz um, alle waren ins Gespräch vertieft. Unauffällig näherte sie sich Bernds und Ellens Wohnmobil. Sie drückte die Türklinke herunter und war doch überrascht, dass nicht abgeschlossen war. Das war mehr als leichtsinnig, fand sie. Es wäre ja immerhin möglich, dass sich ein völlig Fremder Zutritt verschaffen wollte, um nach Wertsachen zu suchen.

Sie hatte keinen Plan, was sie hier wollte und sah sich unschlüssig um. Überall hingen Klamotten herum, die Betten waren zerwühlt. In der Spüle stapelte sich das Geschirr. Auf einem Bügel hing Ellens Strickjacke, an der tatsächlich weiße Knöpfe mit gelben Punkten angebracht waren, wobei der unterste Knopf fehlte.

Vorsichtig öffnete Janneke ein paar Schranktüren und entdeckte aber nur ein paar Shirts und Handtücher. Auf dem Tisch stand Ellens Strickkorb mit einer angefangenen Strickarbeit. Der Kühlschrank wies gähnende Leere auf, im Vorratsschrank lag nur ein Paket vegane Nudeln.

Was hatte sie gehofft, hier zu finden? Hier war nichts, absolut nichts.

Sie verließ das Wohnmobil und schloss leise die Tür hinter sich. Damit niemand bemerkte, wo sie sich aufgehalten hatte, ging sie hinter Ellens und Bernds Wohnmobil, vorbei an Tjarks verwaistem Fahrzeug, zurück zu Nettis Teetisch, an dem jetzt auch Kalle und Trudi saßen. Adrian zwinkerte ihr unmerklich zu, er hatte augenscheinlich mitbekommen, wohin Janneke gegangen war. Sie schüttelte ebenso unauffällig den Kopf. Es ist besser, wir haken die Sache ab, dachte Janneke und setzte sich zu den anderen.

»So ihr Lieben«, verkündete Netti. »Es ist so, wie es ist und morgen werden wir Abschied nehmen müssen.« Sie drehte sich um und stupste Hinrich an. »Meister, wirf doch mal den Grill an. Ich habe mordsmäßigen Hunger.«

»Lass mal«, rief Adrian, »ich mach das schon.«

Kalle sah zum Himmel, der sich immer mehr verdunkelte.» Es riecht nach Gewitter.«

»Papperlapapp«, wandte Trudi ein, »das hält noch ein paar Stunden. Bis dahin liegen wir längst in unseren Kojen.«

Hinrich rieb sich sein Knie. »Das zieht weg. Auf mein Knie kann ich mich verlassen. Bei Gewitter bekomme ich immer Schmerzen«, grinste er und schlug sich mit der Faust aufs Bein.

»Vielleicht ist dein Wettersensor da drin kaputt?«, ulkte Adrian und schürte das bereits glimmende Grillfeuer. Janneke half Netti, den Tisch zu decken. Zwischendurch beobachteten alle den leicht grollenden Himmel.

»Seht ihr, das zieht vorbei «, behauptete Hinrich, als sie später beim Essen saßen.

»Wenn es anfängt zu donnern, verziehen wir uns alle in unser Wohnmobil. Da ist Platz genug und wir können in Ruhe Abschied feiern«, tönte Kalle.

»Hoffentlich hast du noch von dem leckeren Sanddornschnaps«, rief Hinrich und machte eine Bewegung, als würde er ein Schnapsglas austrinken.

Ellen und Bernd waren inzwischen zurückgekehrt, hatten sich fast geräuschlos zwischen die anderen gesetzt und lauschten den Gesprächen.

Kalle erzählte einen Witz nach dem anderen, während Trudi ihn nur verächtlich ansah. Hinrich lachte am lautesten, während Netti bei Janneke nachfragte, ob sie eventuell die Pointe verpasst hatte.

Später, der Himmel grollte immer noch, holte Bernd seine Gitarre hervor und sang dazu. Ellen, stumm wie immer, klapperte, ihren Strickkorb zu Füßen, mit den Stricknadeln. Franz Teerling kam vorbei und ließ sich zu einem Schnaps auf Nettis Eingangsstufen des blumigen Wohnmobils nieder.

Richtig romantisch, freute sich Janneke, die vergangenen schlimmen Ereignisse traten etwas in den Hintergrund. Die Glut des Grills spendete Wärme in dem immer frischer werdenden Wind.

Ein heftiger Donnerschlag zerstörte die Idylle. Wie aus Kübeln stürzte plötzlich das Regenwasser auf die Urlauber. Aufgeschreckt versuchten alle, die Stuhlpolster, Teller und Essensreste in Sicherheit zu bringen.

»Ich mache schon mal bei mir die Tür auf«, brüllte Kalle und nahm die Flasche Schnaps von Tisch.

»Macht, dass ihr ins Trockene kommt«, rief Trudi und wollte den Klappstuhl, auf dem sie gesessen hatte, zur Seite stellen. Dabei stieß sie mit ihrem Fuß an Ellens Strickkorb, der immer noch auf dem Boden stand. Wollknäuel, Stricknadeln und ein Strickheft kullerten auf die nasse Wiese. Hastig bückte sich Bernds Frau und wollte alles zügig wieder einsammeln. Janneke bückte sich ebenfalls und hielt Ellens Hände fest. Beide blickten auf ein paar Gegenstände, die aus dem umgekippten Korb herausgefallen waren. Adrian hatte sich hingekniet und nahm eine dunkelbraune Geldbörse mit einem goldenen aufgedrucktem A in die Hand. »Das gehört sicherlich nicht dir, Ellen, oder?«

»Und das bestimmt auch nicht.« Janneke hielt ein Mobiltelefon hoch, welches in einer Lederhülle mit Rosenmotiven steckte.

***

Trudi hatte jedem ein Handtuch gegeben, nachdem sich die ganze Gruppe ins Trockene gerettet hatte. Sofort hatte sie frischen Tee zubereitet. Ellen saß zusammengesunken neben Bernd in Kalles Wohnmobil, der ihr immer wieder über den Kopf strich.

»Hast du Kommissar Blum angerufen?« Janneke sah Adrian an, der nickte. »Er kommt hierher. Es wird aber dauern, es liegen ein paar umgestürzte Bäume auf der Straße.«

»Ich fasse es nicht«, stammelte Netti zum wiederholten Male und zeigte auf die Gegenstände auf dem Tisch, die vor ein paar Minuten aus Ellens Strickkorb gefallen waren. »Das ist doch das Telefon der jungen Frau? Ich kann mich ganz genau an das Muster der Hülle erinnern.«

»Ja, das hat Daniela gehört«, teilte Janneke den Anwesenden mit. »Aber wir sollten uns erst mal anhören, wie das Telefon in Ellens Strickkorb gekommen ist.«

»Und die Geldbörse gehörte Antje«, flüsterte Trudi, die erst jetzt realisierte, dass das Portemonnaie in ihrer Hand Luuks verstorbenen Frau gehört hat. Sie sprang auf, griff Ellen hart am Arm. »Wieso hast du das gemacht?«, schrie sie.

Kalle riss sie zurück. »Warte doch mal ab. Du weißt doch noch gar nicht, was passiert ist.« Er drückte Trudi fest auf die gepolsterte Sitzbank.

Adrian holte tief Luft. »Jetzt beruhigt euch mal.« Er sah Ellen an, die neben ihrem Mann kauerte. »Kannst du uns erzählen, was passiert ist?«

»Ich ... es ist so ...«, stammelte Ellen. »Es war ... Antje hat ...« Sie schlug die Hände vor ihr Gesicht und verbarg ihren Kopf hinter den Rücken ihres Mannes, der mit bleichem Gesicht am Tisch saß.

»Bernd, hast du gewusst, dass sich diese Gegenstände im Besitz deiner Frau befanden?«, wollte Janneke wissen. Alle starrten Ellens Mann an.

»Nein«, krächzte er, »ich wusste nicht, dass sie die Sachen noch hat, aber das andere ... ich weiß, was Ellen getan hat. Sie hat es mir einen Tag vor Lottas Treppensturz gebeichtet.« Sein Gesicht war kreidebleich. »Vielleicht wäre alles anders gekommen, wenn die Sache mit unserem Kind nicht gewesen wäre.«

20. Kapitel

Bis zu dem schrecklichen Augenblick, als Ellen ihre tote Tochter zur Welt bringen musste, waren sie und Bernd ein junges unbeschwertes Paar.

Die Tage in der Klinik und die anschließende Kur brachten für Ellen keine Besserung. Ihre Depressionen waren nicht verschwunden, sondern hatten sich verstärkt. Sie schluckte wahllos Medikamente, zog sich vom Leben zurück und fing nach Monaten an, auf jede andere Frau in Bernds Umgebung eifersüchtig zu werden.

Ein bis zweimal täglich rief sie Bernd in seiner Firma an. »Ich wollte nur mal hören, was du machst?«, gab sie als Grund an, wenn er nach dem Anlass ihres Anrufes fragte. Geduldig versicherte er seiner Frau, dass sie sich keine Sorgen machen müsse. »Ich bin heute Abend pünktlich zu Hause.«

Es folgten unendliche abendliche Gespräche, die meist in heftigen Diskussionen endeten.

»Du musst dir eine Beschäftigung suchen«, versuchte Bernd, seine Frau zu motivieren. »Den ganzen Tag alleine im Haus herumsitzen, hilft dir doch auch nicht weiter.« Seine Stimme klang schneidend. Er war mit den Nerven am Ende.

»Lass mich in Ruhe«, schrie Ellen und verkroch sich in ihr Bett.

Die Zahl der täglichen Anrufe steigerte sich, Bernd war gestresst und wusste nicht weiter. Deshalb suchte er Rat bei einem Psychologen.

»Ich kenne Ihre Frau nicht, aber es hört sich ganz nach einer wahnhaften Eifersucht an. Versuchen Sie, Ihre Frau dazu zu bringen, sich therapieren zu lassen«, empfahl er Bernd Vermeer und überreichte ihm noch ein paar Broschüren mit Adressen und Angeboten verschiedener Selbsthilfegruppen.

Bernds Bemühungen, Ellen zu irgendetwas zu bewegen, waren vergebens. Sie entwickelte ein besitzergreifendes Verhalten und wollte alles kontrollieren.

Die Idee mit dem Bioladen erschien Bernd als die rettende Lösung. Ellen wäre dann sicherlich beruhigt, wenn er immer in ihrer Nähe war. Er war der Meinung, dass ihr dies ein wenig Selbstvertrauen geben und somit das gemeinsame Leben etwas ruhiger werden würde.

In den ersten Monaten hatte er tatsächlich den Eindruck, dass sich Ellen gefangen hatte. Sie genoss es sichtlich, ihn täglich in ihrer Nähe zu haben, beobachtete aber jede seine Bewegungen. Wenn eine Kundin den Laden betrat und Bernd höflich nach deren Wünschen fragte, wich sie nicht von seiner Seite. Sie bestand darauf, dass er bei Außenterminen immer sein Telefon mit sich führte und rief ihn im Stundentakt an. Er ließ es geschehen. Ansonsten war ein wenig Ruhe in das Leben des Ehepaars Vermeer eingekehrt. Aber als Bernd eines Tages die Flasche mit dem Cognac unter der Küchenspüle fand, wusste er, dass er etwas unternehmen musste.

Ellen konnte nicht begreifen, warum Bernd ein solches Aufsehen machte. Sie nahm doch nur ihre Tabletten und verstärkte die Wirkung mit einem gelegentlichen Schluck Alkohol. Sie konnte nicht verstehen, was daran falsch sein sollte.

Eines Morgens kam Bernd in die Küche. »Zieh dich mal an«, forderte er Ellen auf. »Ich will dir was zeigen.«

Widerwillig fuhr sie mit ihm auf den Hof eines Wohnmobilcenters, wo ihr Bernd ein älteres Wohnmobil präsentierte. »Damit werden wir uns ein wenig die Welt ansehen.«

»Die Welt? Was meinst du damit?«, fragte sie unsicher nach.

»Wir können bis Spanien oder Italien fahren, unser Bett haben wir immer dabei.«

Ellen war sehr verunsichert und trotzte ihrem Mann das Versprechen ab, erst mal ganz kurze Strecken zu fahren, damit sie sich daran gewöhnen könne.

Gleich bei ihrem ersten Aufenthalt in Dangast lernten sie Kalle und die anderen kennen. Das Angebot, zusammen ein paar schöne Tage zu verleben, nahm Bernd nur zu gerne an. Ihm tat es gut, sich mit den froh gelaunten Urlaubern auszutauschen.

Schon vom ersten Tag an beobachtete Ellen Luuks Frau mit Argwohn. Antje war hübsch, schlagfertig und gebildet. Bernds Augen strahlten, wenn er mit Antje über Bücher, Theaterstücke und andere kulturelle Dingen reden konnte, Dinge, die Ellen völlig fremd waren.

Antje und Bernd saßen beim abendlichen gemeinsamen Grillen nebeneinander und philosophierten über die Dinge dieser Welt.

Ellen bekam Bauchschmerzen und ihre Brust zog sich zusammen. Sie will ihn mir wegnehmen, hämmerte es in ihrem Hirn. Ich muss etwas dagegen tun. Ein paar Tage grübelt sie darüber nach, wie sie Antje dazu bringen könnte, einfach zu verschwinden.

Sie erwachte am frühen Morgen kurz nach sechs Uhr und sah durch das kleine Fenster des Wohnmobils in den regnerischen, wolkenverhangenen Morgen. Sie erblickte Antje, die mit ihrem kleinen Rucksack auf dem Rücken loslief. Ellen wusste, dass sie das jeden Tag so machte und auf dem Rückweg die Brötchen kaufte.

Ich muss mit ihr reden, nahm sie sich vor und schlüpfte in ihren Jogginganzug. In die Tasche ihrer Regenjacke stopfte sie Bernds Taschenlampe. Einen Moment blieb sie regungslos stehen und betrachtete das entspannte Gesicht ihres schlafenden Mannes. Er bemerkte nicht, wie sie fast lautlos das Wohnmobil verließ.

***

Ellen saß inzwischen aufrecht am Tisch und knetete nervös ihre Finger. Ihr Gesicht war jetzt gerötet, ein paar rote Flecke hatten sich an ihrem Hals gebildet.

»Und dann bist du Antje gefolgt?«, wollte Janneke wissen.

Ellen nickte. »Ja, ich wollte sie überreden, dass sie verschwindet. Ich konnte es nicht mit ansehen, dass sie sich mit Bernd so gut verstand. Die Vertrautheit der beiden hat mich verrückt gemacht.«

»Aber du hättest doch auch mit deinem Mann reden können?«, wandte Trudi ein. »Bernd hätte ja darauf achten können, sich nicht so intensiv mit Antje zu unterhalten?« Sie füllte die leeren Teetassen mit frischem Tee und sah wieder Ellen an. »Ich finde das ja nicht schlimm, wenn sich Menschen gut verstehen, aber es hat dich doch sehr gestört, dass Bernd und Antje so einen guten Draht zueinander hatten. Deshalb sollte sie verschwinden?«

Der Regen prasselte unaufhörlich gegen die Scheiben des Wohnmobils, der Wind hatte zugenommen und ließ die Markise, die immer noch komplett ausgefahren war, laut klappern.

»Ich habe es ja versucht«, gab Ellen zu, »aber Bernd hat nicht verstanden, was ich meinte.«

»Also bist du Antje gefolgt?« Janneke konnte es immer noch nicht fassen, was Ellen erzählte.

21. Kapitel

Ellen wagte nicht, die Taschenlampe einzuschalten, um die Unebenheiten des Weges besser sehen zu können. Antje, die nur ein paar Meter vor ihr durch den trüben Morgen lief, würde sie sonst eventuell bemerken.

Auf jeden Fall wollte Ellen vermeiden, dass sie hier auf dem Platz, wo die anderen Urlauber noch selig in ihren Betten schliefen, mit Antje in Streit geriet.

Zielstrebig lief Antje van Dijk Richtung Strand, Ellen folgte ihr atemlos. Was wäre, wenn sie sich weigerte, abzureisen?, überlegte sie panisch. Bernd würde auf keinen Fall den Urlaub abbrechen, zu lange hatte er sich darauf gefreut.

Der Strand war menschenleer. Antje blieb stehen, nahm ihren Rucksack ab und sah auf das Watt hinaus. Sie hob und senkte die Arme und ließ ihren Kopf kreisen. Ellen ging bis ein paar Meter auf sie zu und blieb abwartend stehen.

Antje van Dijk nahm hinter ihrem Rücken eine Bewegung wahr und drehte sich abrupt um. »Mein Gott, hast du mich erschreckt.« Ihre Stimme klang ungehalten. »Warum schleichst du dich so heran?«

Ellen hob die Schultern und fuhr mit ihrer Schuhspitze durch den feuchten Sand, ohne etwas zu antworten.

»Du bist doch sonst nicht so früh auf?«, hakte Antje nach und richtete wieder ihren Blick zur Nordsee.

»Du sollst dich von meinem Mann fernhalten« stieß Ellen rasch hervor. »Du hast einen Mann und brauchst Bernd nicht.«

Mit einer abwehrenden Bewegung drehte sich Antje um. »Wieso glaubst du, dass ich auf deinen Mann scharf bin?« Sie musterte Ellen von oben bis unten. »Vielleicht solltest du ein wenig mehr aus dir machen? Dann hättest du sicher keine Angst, dass dir dein Mann wegläuft.« Sie deutete auf Ellens verwirrte Haare. »Ein Besuch beim Friseur und vielleicht ein neuer Jogginganzug würden bei dir Wunder wirken.« Ihre Stimme klang amüsiert. »Ehrlich Ellen, du siehst aus wie eine Vogelscheuche. Kein Wunder, wenn Bernd ...«

Weiter kam sie nicht. Ellen ging wütend zwei Schritte auf die vermeintliche Rivalin zu, hob die Taschenlampe und ließ diese auf Antjes Kopf niedersausen.

Völlig verblüfft blickte Ellen auf die am Boden Liegende hinunter. »Entschuldige«, stammelte sie und bückte sich, um Antje wieder auf die Beine zu helfen. Sie nahm deren Arm und zog sie ein wenig zur Seite. Aus Antjes Nase und Ohren rann Blut auf ihr rosa Oberteil.

»Antje?«, flüsterte Ellen und kniff ihr in die bleiche Wange. Die Augen sahen an ihr vorbei ins Leere.

Ellen bückte sich und öffnete Antjes Rucksack. Sie nahm die Geldbörse und das Handy und verstaute es in ihrer Jackentasche. Unschlüssig blickte sie noch einmal nach unten, aber Antje gab kein Lebenszeichen mehr von sich.

Eilig verließ Ellen den Strand Richtung Wohnmobilstellplatz. Den Rucksack warf sie in die Mülltonne eines Hauses hinter dem Westerdeich.

***

»Woher wusstest du, dass Antje tot war?«, wollte Adrian von Ellen wissen.

Der Sturm hielt immer noch an. Plötzlich gab es einen Knall und etwas schlug gegen die Tür des Wohnmobils.

»Die Scheißmarkise ist runtergefallen«, rief Kalle und wollte aufspringen.

»Lass sie liegen«, befahl Trudi und deutete mit ihrem Kopf zu Bernd und Ellen. »Wir haben Wichtigeres zu tun.«

Ellen stellte ihre Teetasse ab und wechselte einen kurzen Blick mit Bernd. »Ich habe es an ihren Augen gesehen. Sie blickte ins Leere und ihr Gesicht war aschfahl.«

»Vielleicht hat sie noch gelebt?«, raunte Janneke. Adrian schüttelte den Kopf. »Soviel ich weiß, war sie sofort tot.«

»Und dann bist du wieder zu eurem Wohnmobil gelaufen?«, bohrte Janneke weiter. »Hat dich jemand gesehen?«

»Nein.« Fahrig strich sich Ellen eine Strähne aus ihrem Gesicht. »Niemand hat mich gesehen. Bernd hat noch tief und fest geschlafen.«

»Und warum hast du Antjes Telefon und ihr Portemonnaie an dich genommen? Warum hast du den Rucksack weggeworfen?«

»Ich dachte, wenn ich ihre Sachen wegnehme, denken alle, es wäre jemand auf ihr Geld aus und hätte sie deswegen überfallen und ...« Sie sprach nicht weiter.

Netti hatte mit offenem Mund zugehört und fortwährend den Kopf geschüttelt »Oh Gott, was für ein Elend«, stieß sie fassungslos hervor. »Und die Sachen hast du einfach in deinem Strickkorb versteckt?« Sie stöhnte laut auf. »Ich habe nichts bemerkt, absolut gar nichts.«

Adrian stützte seinen Kopf in die Hände. »Ellen, kannst du uns erzählen, was mit Daniela passiert ist?«

Diese lächelte gequält. »Die Zeit mit euch war immer schön. Bernd war so zufrieden, aber dann kam Daniela und hat alles zerstört.«

22. Kapitel

In den darauffolgenden Jahren trafen sich Bernd und Ellen jedes Jahr im Mai in Dangast mit ihren Urlaubsbekannten. Bernd genoss die Zeit mit den Menschen, die ihn ein bisschen den stressigen Alltag vergessen ließen. Er plauderte, vertrieb sich die Zeit und gestattete sich, nicht jede Minute an die Wünsche und Erwartungen seiner Frau zu denken.

Als sich die junge hübsche Daniela Graf aus Bremen zu ihnen gesellte, war Ellen aufs Allerhöchste alarmiert. Kalle lud die junge Frau ein, sie zu begleiten. Ihr Freund hatte sie versetzt und Daniela, so hieß das Biest, suchte Gesellschaft.

Bei dem abendlichen Zusammensein um den Grill lachte sie zu laut, rückte zu nah an die Männer heran und zwinkerte hin und wieder mit den Augen, wenn ihr etwas gut gefiel.

Die Sache mit Antje hatte Ellen bis dahin vollkommen verdrängt, spürte aber nun plötzlich die alte Angst wieder hochkommen.

Am Tag der gemeinsamen Wattwanderung geriet sie in völlige Panik. Wie diese Ziege neben Bernd herlief! Gekonnt initiierte sie sogar einen Beinahsturz an einem offenen Gully, nur damit Bernd sie vor einem tiefen Fall retten konnte.

Wieder grübelte Ellen, wie sie Daniela dazu bringen konnte, den Platz in Neßmersiel zu verlassen. Angst, ja das wäre eine Lösung. Sie musste dafür sorgen, dass Daniela sich fürchtete und lieber heute als morgen abreisen würde. Diesen Plan verwarf sie aber wieder, denn sie hatte nicht den Eindruck, dass Daniela sich in irgendeiner Weise einschüchtern ließ. Diese junge Ziege war am Ende noch imstande, nach dem Urlaub ihrem Ehemann Bernd in Emden aufzulauern, um mit ihm Zeit zu verbringen. Nein, beschloss Ellen, ihr musste ein für alle Mal Einhalt geboten werden.

Still am Rande der übrigen Gesellschaft sitzend, recherchierte Ellen auf ihrem Handy im Internet, hektisch bemüht, eine Lösung für ihr Problem zu finden. Schlussendlich hatte sie eine Möglichkeit gefunden. Sie bestellte in einer Onlineapotheke den Wirkstoff Benzodiazepine, der bei nervlicher Anspannung, Angstgefühlen und akuten Schlafstörungen eingesetzt wurde. Obwohl das Mittel eigentlich verschreibungspflichtig war, konnte sie es ohne Rezept beziehen. Sie ließ das kleine Päckchen an die Adresse des Stellplatzbetreibers Teerling in Neßmersiel schicken.

»Sagst du mir Bescheid, wenn ein kleines Päckchen für mich kommt?«, bat sie Franz. »Ich habe mir im Internet Kreislauftropfen bestellt. Bitte achte aber darauf, dass Bernd nichts davon mitbekommt, er würde sich nur unnötig Sorgen machen.«

Zwei Tage später überreichte ihr Teerling unauffällig ein kleines Päckchen. Ihren Plan hatte sie in der Zwischenzeit perfektioniert. Um ganz sicher zu gehen, versetzte sie eine ganze Flasche Rotwein mit unzähligen aufgelösten Tabletten und wartete geduldig, bis alle schlafen gegangen waren.

Der Stellplatz lag ruhig da, niemand war zu sehen. Ellen nahm die Rotweinflasche, verließ leise ihr Wohnmobil und klopfte an Danielas Tür. Erstaunt ließ die junge Frau sie eintreten. Ellen nötigte sie, ein Glas mit ihr zu trinken. Daniela tat ihr den Gefallen und leerte das Glas in einem Zug. Schwer angeschlagen wankte sie zu ihrem Bett.

Zufrieden mit dem Ablauf der Nacht, sorgte Ellen für Unordnung, als hätte jemand etwas gesucht. Die Rotweinflasche und die beiden Gläser nahm sie an sich. Zum Schluss holte sie das Telefon und die Geldbörse aus Danielas Handtasche und verließ das Wohnmobil. Sie war sich sicher, dass Daniela nie mehr erwachen würde.

***

Man hätte eine Stecknadel fallen hören können. Stumm saßen alle am Tisch in Kalles Wohnmobil und hielten ihren Kopf gesenkt. Der Regen hatte aufgehört, nur noch ganz vereinzelte Tropfen klatschten an die Fensterscheibe.

Trudi bereitete noch einmal ein Kanne Tee zu und stellte ein paar Schokoladenkekse auf den Tisch. »Süßes ist gut für die Nerven«, sagte sie müde, »greift zu.«

»Wir haben immer gedacht, dass sich jemand unter einem Vorwand Zutritt zu Danielas Wohnmobil verschafft hat, um an ihr Geld und andere Wertsachen zu kommen.« Netti wirkte abgeschlagen und müde.

»Das war ja auch Ellens Absicht, diesen Eindruck zu hinterlassen«, erklärte Adrian, »es sollte so aussehen, als wäre Daniela ausgeraubt worden.«

»Wie bei Antje ...«, murmelte Netti und sah zu Ellen hinüber, die jetzt sichtlich gefasster neben ihrem Mann saß.

Janneke nahm sich eins der Schokoladenplätzchen und schob es sich in den Mund. Noch vor kurzer Zeit hatte sie gedacht, dass sie niemals erfahren würde, was sich vor einem Jahr hier in Neßmersiel zugetragen hatte. »Und Lotta?«, wandte sie sich an Ellen. »Geht das auch auf dein Konto?«

»Also, es war so ...«, begann Ellen, »am nächsten Morgen, als man Daniela gefunden hatte und die ganzen Ermittlungen begannen, habe ich mich bemüht, möglichst unauffällig zu wirken. Ich litt an schrecklichen Kopfschmerzen und hatte mich in einen Liegestuhl hinter unser Wohnmobil gelegt, als plötzlich Lotta auftauchte.«

23. Kapitel

»Ich muss mit dir reden«, sprach Lotta sie unvermittelt an und ließ sich in dem zweiten Liegestuhl neben Ellen nieder.

»Was willst du?« Ellen machte eine ungehaltene Bewegung. »Du siehst doch, was hier los ist. Hat das nicht bis morgen Zeit?«

»Nein, eigentlich nicht«, entgegnete Lotta streng. »Ich war gestern noch lange wach und saß eine ganze Weile draußen. Erst heute Morgen habe ich verstanden, um was es geht. Was hast du denn mitten in der Nacht in Danielas Wohnmobil gemacht?«

Ellen zuckte zusammen. Sie brauchte einen Moment, um eine passende Ausrede zu finden. »Das war nur, weil ich sie fragen wollte, ob sie am nächsten Tag Hilfe braucht mit ihrem langen Gefährt. Wir wollten ja heute alle abreisen. Du hast ja sicher gesehen, wie Kalle ihr einmal geholfen hat, das Ding in die richtige Position zu bringen. Ich habe gedacht, dass Bernd und ich ja auch mal einspringen könnten.«

»Du lügst«, meinte Lotta ungerührt. »Ich habe eben zufällig mitbekommen, wann Daniela gestorben ist. Und das, meine Liebe, war genau der Zeitpunkt, an dem du Danielas Wohnmobil verlassen hast.«

Ellen sank in sich zusammen. Vor ihrem geistigen Auge sah sie sich schon im Gefängnis, während Bernd draußen machen konnte, was er wollte. Und das mit Antje kam dann bestimmt auch raus. Es wunderten sich sowieso schon alle, dass sich im Dunstkreis der Reisegruppe gleich zwei solch schreckliche Vorfälle ereignet hatten. »Und was willst du jetzt tun?«

»Du solltest der Polizei sagen, was du gemacht hast.« Lotta lachte kurz auf. »Ich habe dich beobachtet. Du bist ganz schön eifersüchtig, stimmts?«

»Wie kommst du denn darauf?«

Lotta hob beide Hände. »Meinst du, ich bin blind«, zischte sie, »und die Sache mit Antje hast du auch zu verantworten. Da bin ich mir ganz sicher.«

»Aber ich kann doch nicht jetzt ... », stammelte Ellen. »Man nimmt mich dann gleich mit und Bernd ... ich muss noch so viel regeln. Ich kann doch nicht zulassen, dass auch Bernds ganze Existenz den Bach runtergeht.«

»Gut«, lenkte Lotta um einiges versöhnlicher ein. »Du kannst alle deine Sachen regeln, aber dann stellst du dich. Sonst gebe ich die ganze Sache an die zuständigen Stellen weiter.«

Ellen nickte eifrig und versprach, sofort nach ihrer Rückkehr tätig zu werden.

In den darauffolgenden Wochen und Monaten ermahnte Lotta Ellen immer wieder, sich zu stellen. Dann wurden die Anrufe seltener. Lotta hatte mit gesundheitlichen Problemen zu kämpfen und meldete sich fast ein halbes Jahr nicht bei Ellen.

Aber dann, direkt am ersten Abend, als sich alle in Dangast zum jährlichen Maiurlaub trafen, attackierte Lotta die Mörderin von Daniela heftig und forderte sie aggressiv auf, sich endlich zu stellen.

»Weshalb hast du dich denn mit Lotta gezankt?«, wollte Bernd später von seiner Frau wissen. »Ich habe langsam die Nase voll. Überall, wo du bist, gibt es Missverständnisse und Ärger«, grollte er. »Was hat Daniela mit dir zu tun? Ich habe gehört, wie Lotta ihren Namen genannt hat.«

»Das ist eine ganz andere Daniela, nicht die, die hier ...«

Bernd sprang auf und umklammerte beide Arme seiner Frau. »Jetzt hör auf, Märchen zu erzählen«, schrie er aufgebracht. »Ich weiß doch, dass da was im Busch ist.« Er gab Ellen einen heftigen Stoß, sodass sie unsanft auf das Bett fiel.

Ohne dass sie das eigentlich wollte, sprudelte alles aus ihr heraus. Bernd hörte ihr atemlos zu. »Nein, das hast du dir alles ausgedacht«, raunte er, als sie geendet hatte. »Wir müssen mit Lotta reden«, stöhnte er, als er begriffen hatte, dass Ellens Erzählung der Wahrheit entsprach.

Ellen hielt sich an diesem Tag in ihrem Bett auf. Bernd behielt Lotta im Auge. Als diese zu ihrer abendlichen Runde aufbrach, folgten ihr Ellen und Bernd in einem angemessenen Abstand.

An der Deichtreppe, Lotta hatte sich auf die Stufen gesetzt und sah in den Abendhimmel, verringerten sie den Abstand. Lotta wandte kurz den Kopf und sah das Ehepaar auf sich zukommen. »Was wollt ihr denn hier«, fragte Lotta, nichts Gutes ahnend.

»Wir müssen mit dir reden«, erklärte Ellen und bemerkte die Unsicherheit in Lottas Gesicht.

***

»Ihr wart beide an der Deichtreppe?«, fragte Janneke erstaunt nach. »Habt ihr dann mit Lotta geredet?«

»Ja«, antwortete Ellen. »Wir haben mit Engelszungen auf sie eingeredet. Sie sollte alles vergessen und mich endlich in Ruhe lassen.«

»Aber das wollte sie nicht«, ergänzte Bernd. »Sie hat gesagt, dass sie das nicht mit ihrem Gewissen vereinbaren kann.«

»Und warum hast du Lotta die Treppe heruntergestoßen?« Eindringlich sah Adrian Ellen an.

Bernd hielt Ellen sofort den Mund zu. »Sei still, es hat keinen Zweck«, flüsterte er und sah einen nach dem anderen an. »Ich habe Lotta am Arm gepackt und sie geschüttelt. Sie hat mir ins Gesicht gespuckt und wollte wegrennen. Dann habe ich sie die Treppe hinuntergestoßen.«

Ein heftiges Klopfen an der Tür ließ alle zusammenzucken. Trudi erhob sich schwerfällig und öffnete die Tür. Kommissar Sören Blum stand vor dem Wohnmobil, einen Regenschirm in der Hand. »Moin«, begrüßte er mit einem Kopfnicken die Anwesenden. »Ich hoffe, ich habe nicht allzu viel verpasst.«

24. Kapitel

Elsie Klüverboom saß mit gesenktem Kopf in ihrer Küche in Amdorf. Janneke hatte soeben ihren Bericht über die Geschehnisse an der Küste beendet.

»Ich bin froh, dass Danielas Tod jetzt endlich aufgeklärt ist«, seufzte Jannekes Nachbarin. »Was ist das nur für eine Frau, die solche Taten begeht?«

Die junge Ostfriesin lehnte sich zurück. »Das ist wirklich tragisch. Die Frau ist krankhaft eifersüchtig und befürchtete immer, dass ihr eine andere Frau den Mann wegnimmt. Obwohl er sich anderen Frauen gegenüber total korrekt benommen hat.«

»Gut, dass meine Schwester das nicht mehr miterleben muss.« Elsie wischte sich ein paar Tränen aus dem Gesicht. »Was passiert jetzt mit dieser Frau?«

Janneke zuckte die Schultern. »Es wird sicher zum Prozess kommen, aber inwieweit der Zustand ihrer Psyche bei der Verurteilung berücksichtigt wird, kann niemand vorhersagen.«

»Und der Ehemann? Wird er auch angeklagt?«

»Ich denke schon«, meinte Janneke. »Er hat ja schließlich jemanden die Treppe hinuntergestoßen und ist somit verantwortlich für den Tod der Frau.«

Als Janneke eine halbe Stunde später nach Hause kam, stand Hinrich fluchend in der Küche. »Ich werde noch bekloppt. Jetzt ist das Rührgerät auch noch kaputt. Riechst du nichts?«

»Nein, wieso?«

»Es riecht nach verbranntem Gummi.« Hinrich öffnete den Mülleimer und warf das defekte Gerät hinein. »Meine Mutter hat alles mit der Hand gerührt. Ich mache das jetzt auch so.«

Langsam ließ sich Janneke auf einem Küchenstuhl nieder. Es war Zeit, dass sich das Leben wieder normalisierte. »Ach übrigens, Erwin hat heute Morgen angerufen, als du einkaufen warst.« Sie streifte ihre High Heels von den Füßen und legte ihre Beine auf einen Küchenstuhl.

»Was wollte der denn? Das Wohnmobil haben wir doch ordnungsgemäß und sauber mit einer Packung Ostfriesentee zurückgebracht.«

»Er hat gefragt, ob wir uns das Wohnmobil nicht noch mal ausleihen wollen. Die Polster müssten mal gründlich gereinigt werden«, grinste Janneke.

»Ihr spinnt doch alle«, polterte Hinrich und gab dem Mülleimer einen Tritt.

Lachend bückte sich Janneke, nahm ihre Schuhe und verschwand in ihrem Zimmer. Endlich wieder zu Hause, seufzte sie zufrieden. Sie startete ihren Computer und rief das Schreibprogramm auf. Es war Zeit für einen neuen Kriminalroman.

ENDE

Ostfrieslandkrimi-Empfehlungen des Klarant Verlages

In der Ostfrieslandkrimi-Serie **„Janneke Hoogestraat ermittelt“** von Ele Wolff sind bereits folgende Krimis als Taschenbuch und eBook erschienen:

1. Friesenhuus
2. Eisige Gier
3. Mörderischer Nebel
4. Die Toten von Spiekeroog
5. Greetsieler Mühlenmord
6. Mord mit Deichblick

Die Ostfrieslandkrimis von Ele Wolff können unabhängig voneinander gelesen werden.

„Friesenhuus“, Band 1
Taschenbuch ISBN: 978-3-95573-494-7
eBook ISBN: 978-3-95573-495-4

Alles, was in Ostfriesland Rang und Namen hat, befindet sich im Hotel Friesenhuus in Leer, denn der bekannte Schmuck-Unternehmer Habbo Hohboom feiert seinen Fünfundsechzigsten. Doch während der Feier verschwindet sein Sohn Peter spurlos, und schon bald wird die Befürchtung zur Gewissheit: Der Juniorchef wurde entführt.
Die junge Krimi-Schriftstellerin Janneke Hoogestraat, die gerade im Friesenhuus einen Werbejob angenommen hat, ist vor Ort und voll in ihrem Element ganz ungefragt ermittelt sie kräftig mit. Schnell wird klar, die Familie und das Unternehmen Hohboom sind geprägt von Streit und Machenschaften. Und so weigert sich der Schmuck-Millionär, das Lösegeld zu zahlen, denn er glaubt, sein Sohn habe die Entführung nur inszeniert. Die Katastrophe nimmt ihren Lauf ...

Klarant Verlag

Lernen Sie die Ostfrieslandkrimi-Titel des Klarant Verlages kennen und besuchen Sie uns im Internet unter:

www.ostfrieslandkrimi.de

und

www.klarant.de

Sie können dort Näheres über unsere Autoren erfahren, viele weitere interessante Bücher und eBooks finden und Leseproben herunterladen. Mit dem kostenlosen Newsletter erhalten Sie aktuelle Informationen rund um das Verlagsprogramm, wie beispielsweise spannende Neuerscheinungen und Gewinnspiele.